Tijolo de segurança

OBJETIVA

Carlos Heitor **Cony**

Tijolo de segurança

OBJETIVA

Todos os direitos desta edição reservados à
EDITORA OBJETIVA LTDA. Rua Cosme Velho, 103
Rio de Janeiro – RJ – CEP: 22241-090
Tel.: (21) 2556-7824 – Fax: (21) 2556-3322
www.objetiva.com.br

Capa
Angelo Venosa

Imagem da Capa
Óleo sobre madeira, "Canoa a seco na praia em Paquetá", de Giovanni Battista Castagneto (1851-1900) — cromo gentilmente cedido pela Bolsa de Arte.

Revisão
Damião Nascimento

Editoração Eletrônica
FA Editoração Eletrônica

C768t
Cony, Carlos Heitor
Tijolo de segurança / Carlos Heitor Cony. – Rio de Janeiro: Objetiva, 2005.

212 p. ISBN 85-7302-657-X

1. Literatura brasileira - Romance. I. Título

CDD B869.3

Incertitudes, ô mes délices
vous et moi nous nous en allons
comme s'en vont les écrevisses
à reculons, à reculons.

APOLLINAIRE

Quando fechou o portão da Rua Bojuru, o empregado da boate varria a calçada em frente.

— Deu ladrão na rua.

Não se espantou nem se preocupou, estava com sono, dormira mal, Renata tivera pesadelo, gastara parte da noite com a filha ao colo, e agora a lombeira, preguiça de descer à cidade. O mar, no fim da rua, azul, com cheiro de mundo.

Passou pela casa de seu Amadeu. A velha, noventa anos quase, espiando da janela. Deu bom-dia por molecagem, ela ficará pensando até tarde: quem foi? Ninguém a cumprimenta: a Ilha sabe odiar.

Dia estúpido à frente, compromissos sem importância, Marcela, discutir com Dico, beber com Binho, voltar para casa, dormir. O ladrão passando pela rua, no meio da noite. Não lhe roubará nada, é dos que nunca são roubados, jamais lhe roubaram alguma coisa.

" Sexta-feira. Nome do amigo do Robinson Crusoe, o que tinha uma ilha. Homero tinha outra. Vulgar ter uma ilha, não me salva. Napoleão nasceu numa e morreu noutra."

Ilha, sexta-feira, amanhã é sábado, depois domingo. "Quem existirá por mim no domingo?"

O cenário sim, permanecerá o mesmo: duas filhas, ladrão que viola as noites, rua, ilha, mar entrando pelas retinas com gosto de mundo.

E agora até o ladrão.

Se houvesse sol lá fora ia à praia com as meninas. Mas o tempo úmido, o dia encoberto, o cinza pesado entristecendo tudo, envolvendo as árvores em sombra. Para os longes do mar alto, a neblina cerrada é muralha que confina com o céu sem cor. Nostalgia de luz. As garotas estão resfriadas — lembrou — não, a praia é impossível.

Sábado sem sol, sem perspectivas. Poderia ouvir música, mas o dia não ajuda. Levanta para fechar o janelão do *living*, começa a soprar viração, o gosto de sal e de velas molhadas paira na sala, as cortinas inflaram ameaçando os bibelôs dos móveis. O quadro que o Raul lhe dera — a bailarina de saiote vermelho que nem em *D. Quixote* — fica torto, na parede. Endireita o quadro mas a bailarina continua torta, o *arabesque* é que era torto, só então repara nisso. "Imbecil ter este quadro pendurado na sala, Irene nunca foi de *arabesque*, é má no clássico", e foi por causa dela que pendurara o quadro em cima do piano.

Abriu o livro, tentou ler, fez esforço para entender o que lia: deu para entender que não entendia nada. E Renata começou a cantar lá embaixo as canções que aprendera no Jardim de Infância: "Primavera, primavera, rainha das estações, lindas flores dás à terra e alegria aos corações!" Música tão tola quanto a letra, o que salva é Renata colocar emoção própria ao desafinar nos agudos.

Pela manhã, antes do tempo se fechar de todo, fora a praia com as meninas. Valéria mal teve tempo de tomar um sorvete e Renata de machucar o dedo na bicicleta do filho do Araújo.

Araújo é engenheiro do Estado. Diz que os edifícios da cidade estão em péssimas condições de segurança, no mês passado ruiu um, de 12 andares, na Rua do Rosário, enterrando em seus escombros perto de vinte pessoas. Na semana retrasada caiu o velho pardieiro da Rua São José, onde funcionava um sebo de livros e discos usados. Edifícios familiares a Cláudio: o primeiro mantinha uma agência de penhores. No oitavo andar funcionava a costureira que volta e meia fazia uns vestidos horrorosos para sua sogra.

Foi tudo abaixo. Fora ver os destroços, as pás dos bombeiros entravam na caliça, um cheiro insuportável saía daquilo. Restaurantes em volta fecharam — ninguém comia sentindo cheiro de carne humana apodrecendo. Cada corpo desenterrado fazia a polícia impedir o trânsito em todo o quarteirão, a multidão metia o lenço no nariz mas continuava olhando.

O outro, da Rua São José, não teve cadáveres. Enterrou discos e livros usados, coisas limpas, sem cheiros comprometedores. Ali vendera discos chiados, livros inúteis. Em compensação, comprara interessante coleção de obras pornográficas e o *Manual do Motorista Sem Mestre* que muito lhe ajudara a ser reprovado duas vezes nas provas de habilitação. Passara na terceira vez porque subornara a banca examinadora, estratégia que não aprendera no Manual, mas na Bíblia, lendo o livro dos Juízes.

Tudo ruiu. Foi contemplar os destroços. O sujeito com cara esfomeada catava livros entre os montões de terra. Removeu vigas, meteu a mão no pó, apanhou um. Espanou-o, soprou-o de todos os lados, desamassou as pontas, só então viu o título. Deixou-o cair novamente, abanando as mãos, o miserável.

Lembrava isso enquanto Araújo, com auxílio do tamanco que nunca dispensa por causa dos cacos de vidro das ruas, fazia croqui demonstrando as causas prováveis dos desabamentos ocorridos ou a ocorrer. Ficou sabendo de coisas alarmantes, vários prédios na iminência de ruir:

— As vigas estão rachadas, a massa atua no ponto A e C, há sobrecarga motora no ponto B. Ora, a perícia tem constatado que as rachas estão justamente no ponto B, o sinal é evidente, os prédios vão cair mais dia menos dia. Foi isso que relatei no meu parecer ao processo mandado instaurar pelo governador. Mas o diretor do meu departamento despachou embaixo: "Informe o dia e hora em que vão cair." Repliquei: "Mande a mãe informar!" Fui suspenso por 15 dias!

Julgando-o não esclarecido o bastante, apagou os primitivos desenhos e começou a esboçar outros, enormes, ao sabor da areia lisa.

A mulata passou, pisou na pilastra de sustentação. Araújo recompôs a pilastra, com medo que o desenho ruísse sem aquele ponto de apoio. Foi nesse momento que Renata machucou o dedo nos aros da bicicleta do filho dele. Ela veio chorando, dedo em pé, sangrando já. Aquele sangue mais importante que todas as pilastras que sustentam o mundo.

Araújo é delicado. E, como o diz comumente, "é pela justiça". Pungiu-se, receitou pomadas, desancou o guri com severidade, torceu-lhe as orelhas — o que no fundo alegrou e vingou Cláudio, embora esboçasse alma grande por fora, não foi nada, não foi nada, coisa de crianças.

Levou-a para casa. Na pressa, esqueceu os cigarros. Quando voltou à procura do maço, já o sol sumira de todo. O vento soprava mais forte, encapelando o mar, tornando as ondas amareladas e curtas. Ondas que subiram com a maré, levando as pilastras de sustentação do Araújo. Do vasto desenho sobrou um *X* assinalando a maior concentração das vigas, das colunas, do diabo. O x ficou ridículo na areia, sozinho.

Um pouco de sangue de Renata — também.

Na esquina da Rua Guiricema, seu Jair abana a cabeça furiosamente e, com o gesto, o corpo todo abana, inclusive a saca de compras onde uma tainha bota a cara para fora e parece tomar parte na discussão. A mulher do Evaristo teimava, nunca tinha visto nada, a Ilha tem é muito vagabundo, muito safado, desde que o marido fora estagiar no norte, todos os dias ouvia piadas na sua própria porta, não podia botar o pé na rua, não respeitavam sequer os filhos, no armarinho da Avenida Paranapuã, com a filha menor ao colo, seu Amadeu tomara liberdades — um devasso. Agora, ladrão não, podia-se dormir de janela aberta, como ela sempre fazia. Na semana passada um dos garotos tivera dor de dente, ela passara parte da noite acordada, só viu foi a correria do próprio seu Jair perseguindo um fantasma que para ela não existia.

Seu Jair jura, faz os dedos entrarem pelas órbitas, olhos que um dia a terra comerá — é o gesto — vira o ladrão, todos os moradores da Rua Bojuru já estavam prevenidos, seu Amadeu andava atéado até armado.

A mulher se obstinava:

— Ladrão, não. Tarado, pode ser.

Não falaram claro, mas ambos pensaram na história de Tereza. Seu Jair atravessava a maré de amor com seu Amadeu, talvez por causa disso não aprofundou o assunto, também nada ficara esclarecido, lugar pequeno, mulher moça e forte, cobiçada por muita gente, nunca se apurou o caso de dois anos atrás, já Tereza casara e fora embora para bem longe, por sua vez o demônio nu nunca mais apareceu, embora a mulher do Evaristo fizesse pé firme, talvez fosse o mesmo tarado em busca de mulher.

Cláudio vinha da praia com o maço de cigarros, toma a calçada oposta ao ver seu Jair, evita a conversa cacete, o único assunto que mora sob aquele crânio que começa a ficar calvo e comprimido como um ovo. Bem verdade que sempre arrisca um olhar às pernas da mulher do Evaristo, assim vestida ninguém dizia, mas na praia aquelas pernas tinham valor.

Seu Jair fez meia-volta, acompanhando o passo de Cláudio para surpreender qualquer indecisão na marcha e dar o seu bom-dia. Mas Cláudio caminha firme, sem vacilação, duro como militar em parada. Seu Jair completou a volta novamente face a face com a vizinha, a tainha abria a bocarra serrada e engolia o pasmo que seu Jair soltou ao ar e que Cláudio chega a ouvir:

— Um mistério!

Depois do almoço, cachimbo na boca, caminhando pelas ruas desertas. A Ilha almoça, não esbarra com ninguém, só com vira-latas que passam ao largo, sem lhe dar importância.

Andar é bom, ajuda a digestão, fuma o cachimbo em paz. Vai até a praia, espia o mar sem cor, opaco dentro do dia opaco. Um barco teima em enfeitar a paisagem, a vela vermelha vem de Jurubaíba e vai para o Jequiá, oferece ao vento sua alma flácida de pano. E a viração da barra entra nos olhos, salgada.

Sobe a Rua Chapot-Prevost e vira lá em cima, no posto de gasolina do velho Paterone. Pisa os paralelepípedos incertos da Avenida Paranapuã, tenciona passar pelo bar do cinema, comprar cigarros, depois voltar para casa pela Rua Guiricema. Prolonga a caminhada mais um pouco, desce a Rua Jari.

Só então percebe a mistificação do cachimbo, da ajuda à digestão: seu destino era a Rua Jari. Pisar o mesmo asfalto que Marcela pisava quando voltava da praia — mais que desejo, missão.

Junto ao ginásio, para as bandas do novo bairro que construíram, a casa que ela alugou durante o verão. Casa modesta, velha, quase ruína. As janelas verdes, empalidecidas pelas chuvas e pelo sol. O matagal ao lado, ninho de mosquitos, picavam Marcela à noite, sugavam aquele sangue gostoso — mais tarde ele sugaria o sangue de Marcela, no apartamento do Denis, quando ela enfiou a agulha no próprio braço para mostrar que não temia a dor física. Era doce o sangue de Marcela, e quente. Eles começaram a conversar por causa dos mosquitos, "que que o senhor usa contra os mosquitos?".

Pára diante do portão. Tudo fechado. Parece recordação de infância a casa, coisa definitivamente acabada, consumida. Faz esforço para encher aquilo, abrir as janelas, botar o maiô grená de Marcela secando ao sol na corda dos fundos. Não adianta. Na corda pousa uma cambaxirra. Gosta de cambaxirras, lembra que houve um período de sua infância em que o pai chamava-o de cambaxirra.

O pé de pitangueira, ao lado da varanda. Não gosta de pitangueiras, sofreu muito em cima de uma, 11 anos, a cara do velho Almeida, vermelha, "Dona Helena, seu filho é um ladrão".

Um ladrão!

A varanda suja, uma chinela no meio do pó. Não, não de Marcela, era da mãe que desconfiara de seu interesse pela filha. Velava pela virtude de Marcela com maior ferocidade que o marido. Este era bom homem.

Do apartamento em frente, uma velha o observava, avaliando-o. Sonda a possibilidade de um vizinho, para alugar ou comprar a casa?

Exibia-se, botava a cara na janela para se fazer integrada na paisagem, sólida, inarredável. Ou talvez quisesse avisar que as chaves estavam com ela, era só pedir e ela lhe mostraria a casa, as condições.

Não queria chaves nem condições, queria dar o fora, já com raiva de si mesmo por ter ido mexer em passado tão recente, tão dorido ainda.

Virou na esquina. O trecho também lembrava Marcela, quando ela andava de cara baixa, olhando o chão. A terra a chamava e isso era bom por causa da mecha de cabelos que lhe caía pela testa, tapando metade do rosto, sem traços regulares, mas cuja profundidade e pertinência não conseguira medir.

Lembrou certa noite. Espreitava-a, sabia que ela sairia à noite para comprar cigarro junto do cinema. Ficou escondido no muro do ginásio, protegido pela árvore que quebrava a luz do lampião da esquina. A velha ficara da varanda, vigiando as trevas, a miserável conhecia os passos de Cláudio, desconfiava de sua perseguição: um muro branco e de repente ele surgia. Virava uma esquina e ele parecia sair do chão, repentino e inadiável.

Usou de um engenho não destituído de certa arte, na hora lhe pareceu esplêndido: fingiu-se de coxo. Encurtou uma perna, bamboleou a outra, abanando as mãos feito asas de moinho, como se delas precisasse para remar o ar.

O homem gordo que trabalha na Alfândega estava na janela de sua casa. Abriu os olhos ao ver o coxo inusitado surgir das trevas. Chegou a abrir a boca, o cigarro ficou-lhe preso ao beiço — o homem não compreendia. Quando surgiu, além do matagal, já no passo normal, o homem não entendeu mais nada. Que que fora feito do coxo? Mamava o cigarro com ar prudente, perscrutava as sombras, olhos arregalados, farejando o sobrenatural, "é assim que os milagres começam!". Ponderou o mato, cheirou o ar. Nem incenso nem enxofre. Como fora possível, ali em suas barbas! Quando a mulher chegou da ladainha, contou que o coxo era cor-de-sangue, tinha chifres, apontou o fura-bolos para o matagal, com autoridade:

— Foi ali!

Para as bandas da praça, envergado de cachaça, Mixole grita contra o mar, coisas carinhosas, terno como um bêbado diante do mar. No botequim que acompanha a curva do jardim, seu Amadeu ofega. Assunto predileto esse, o descompor a ilha depois da ponte. Tudo começara com o Ford verde-claro que parara ao lado. O homem saiu para comprar cigarros e enquanto esperava o troco perguntara onde ficava a Rua Olímpio Mendes. Ninguém sabia, só seu Amadeu. Mas antes de dar a informação valorizou sua ciência e propagou suas idéias. Onde já se vira nome tão estúpido para uma rua que antes da ponte era simplesmente Rua das Trepadeiras?

Trepadeiras nos dois sentidos, logo ao início, quase a desembocar na praia, havia a chácara do velho Gusmão, onde não havia muros, apenas a vasta cerca de trepadeiras vermelhas, tão vermelhas e tão destacadas do verde em redor que servia de ponto de referência aos pescadores que se aventuravam pela ilha do Rijo.

Trepadeiras também no outro sentido: para os fins da rua, já na subida do morro que pertence à Marinha, a casa da Dolores, casada com fazendeiro de Minas, onde se reuniam as prevaricadoras da ilha de antanho, as malcasadas que flertavam durante as travessias das barcas e tinham medo de freqüentar os ninhos da cidade, perto do local de trabalho dos maridos.

Na pasmaceira dos dias de verão, o sol batendo contra a rua de areia, um ou outro vulto de mulher se esgueirava pelas calçadas. Os homens eram menos discretos, vinham de bicicleta mesmo, e Dolores recebia a todos, até meninos se pervertiam com mulheres de quarenta anos – ah! a Rua das Trepadeiras! Veio a ponte, Dolores foi processada, voltou para Minas, um deputado morreu de enfarte, a Câmara homenageou-o com aquilo, aí estava, Rua Olímpio Mendes!

O homem já recebera o cigarro, o troco, o excesso de informações de seu Amadeu. O Ford fez manobra e tomou a direção do Bananal, mas a conversa estava lançada, seu Jair vinha distraído com os jornais no braço, parou ao ouvir a voz do vizinho no velho tema:

— Estragaram tudo! Os nomes, as pessoas, os hábitos! Nada agora presta! Até ladrão anda por aí!

Ponto de coincidência com a nova ordem de idéias de seu Jair, que entrou no botequim como quem não quer nada.

— Aqui está seu Jair que não me deixa mentir!

Seu Jair pretendia confirmar, mas ao dar com os olhos de seu Amadeu, olhos empapuçados que o chope raiava de sangue, lembrou-se da conversa com a mulher do Evaristo, a evocação do episódio de Tereza, o demônio-nu — e sem saber por quê, ficou calado.

— Seu Jair tem visto o ladrão também, pode confirmar tudo!

Ninguém no bar se interessava pelo ladrão. Era assunto exclusivo de seu Amadeu e seu Jair. O Ford já sumira pela avenida da praia em busca da ex-Rua das Trepadeiras, seu Jair sentava ao lado do chope e seu Amadeu gritava para quem quisesse ouvir:

— Qualquer dia a coisa estoura. Ou o ladrão me mata ou eu acabo com o desgraçado!

Gentil Pintor — que pintara os escudos do Vasco e do Flamengo na parede principal do botequim, com a legenda: MÁXIMAS POTÊNCIAS, e que era pago no varejo da cachaça —, quis saber se o ladrão havia roubado alguma coisa ou pessoa. Seu Amadeu inventariou danos e perdas de mais de trinta anos nas costas do ladrão.

— Mas o pior não é isso — juntou seu Jair, esquecendo-se do episódio de Tereza — o homem é tarado também, só vem à noite, corre como um demônio, pula os muros, parece que anda atrás de mulher.

A fúria de seu Amadeu abriu um rombo de sangue no olho-azul:

— Eu mato esse desgraçado, eu mato!

As quatro garrafas que esvaziara tremeram ao impacto do murro que acompanhou a ameaça. Seu Jair pedia um copo e mordia uma empada, assustado consigo mesmo por ter feito seu Amadeu lembrar o passado.

Gentil Pintor saiu do bar, o negro Gibi chamava-o. O domingo caía sobre a Ilha como um cenário de teatro mambembe. Mixole, mais ao longe, pifado, mansamente procurava abrigo sob as amendoeiras da praça, já a chuva fininha embaciava o ar.

Pela avenida da praia passou um homem escuro, saco de carvão às costas, apressado, o suor da barba confundido com as gotas da chuva que apertava.

A mulher pede-lhe para apanhar Renata no colégio. Chove desde o meio-dia e o carro está lubrificando no posto do Paterone. Vai de ônibus. Renata espera na porta do Jardim de Infância, a cara apreensiva. Quando o vê, abre o sorriso clássico, aquilo que ele chama de sorriso renatiano. Um jeito de sorrir com os lábios e com os olhos, feito a Mona Lisa. Tem mais que a Mona Lisa: sorri com os cabelos, ela toda sorri. Sorri com a ponta do nariz que fica mais grossa e brilhante, comovida com o próprio sorriso. Sorri com seus dentinhos estragados, está na fase dos dentes, volta e meia vem com um deles na mão, pede para jogar em cima do telhado, contaram-lhe que dá sorte, ela não sabe o que é sorte mas deseja tê-la.

Renata espera e sorri. Sorriso que o encanta e o apavora: um dia mudará e para pior. Talvez fique igual ao seu — e sofre quando pensa nisso. Cruel imaginar a bruxa que substituirá o anjo que vem sentar em seu colo.

Aproveitando a chuva, ela estreou a capa nova, presente do último aniversário. Estreou também um guarda-chuva novo, presente de não sabia quem.

Nem deu pela amolação da chuva. Diante de Renata, feliz na capa nova, os problemas estacionaram por cima da cabeça. Tão forte essa impressão — a inquietação suspensa — que olhou para cima: uma coisa negra e aberta: o guarda-chuva.

" Por que os guarda-chuvas serão sempre pretos? Tudo mudou nos meus trinta anos de vida. Das coisas feitas pela mão do homem só o guarda-chuva continua feio, ar fúnebre e humilde."

Jogou-o fora. E ficou comovido, como se tivesse praticado uma boa ação. Na realidade, sentiu-se livre.

Encervejado, uma poça de sangue em cada olho, seu Amadeu caminha trôpego pela praia, de volta a casa. A chuva cai obliquamente e ele não a sente, a cerveja adormeceu-lhe os sentidos, só a memória trabalha, e o ódio que vela. Voltar para casa para quê? Aturar a mulher, quase quarenta anos mais velha que ele? Guardar mais uma vez a chaga reaberta — cada vez que o ladrão passa pela rua e a chaga incha como os baiacus incham fora d'água. Tereza inteira o toma pelo corpo como carícia agora impossível, irremediavelmente impossível. A primeira noite, o grito que Tereza deu no quarto, seu Amadeu velou a noite toda e isso fora há uns três anos, ou menos talvez. Uma semana depois outro grito, Tereza vira o demônio-nu, um corpo moreno totalmente nu, no peitoril da janela. Seu Amadeu correu, chegou a dar um tiro para o ar, a aparição sumira de repente.

— Como é a cara dele?

— Não sei. Só vi que estava nu.

Tereza nunca mais gritou. Mas uma noite — e seu Amadeu ao recordá-la deu um chute violento na areia pipocada pela chuva — ele acordou com ruídos estranhos dentro de casa. Foi ao quarto da frente, onde dormia Tereza. A porta fechada, a luz fraca da mesinha-de-cabeceira acesa e aquele ruído, aquele ranger de cobertas e corpos que se possuem. Com um grito esmurrou a porta que pouco resistiu. Viu apenas o traseiro, mais alvo que o resto do corpo, e logo o vulto nu se atirava às trevas que pousavam na janela, como imensa pálpebra escura. Tereza, nua também, na cama, traindo um rito de sexo, os olhos esbugalhados de surpresa e raiva, de insatisfação pelo amor interrompido, e de pavor, já a grossa munheca de seu Amadeu descia-lhe pelas coxas, pelo ventre, pelos seios nus que se amassavam, a mão fechada cevando-se naquela carne que desejaria acariciar — e o barulho foi tanto que a velha acordou e veio ver o que se passava e viu seu Amadeu esbofeteando a filha-de-criação que estava nua, e quando a velha viu Tereza nua percebeu que a menina que adotaram recém-nascida, era agora um mulherão de boas carnes e que seu Amadeu naquela raiva traía o despeito e ela que nunca entendera como o marido podia passar tantos anos sem procurar mulher na rua — entendia tudo agora, até mais do que desejaria, seu Amadeu esbordoava Tereza, sem dó, íntima aquela mão à carne de Tereza — e os últimos murros foram dados contra os travesseiros, seu Amadeu caíra de bruços na cama, chorando.

Cláudio entrega-se ao aborrecimento, uma docilidade estranha diante da dor. No fundo, julga obrigação aborrecer-se de vez em quando, para compensar o restante da semana, bem vivido ou bem sofrido não importa — alguma coisa bem, isso sim. Depois da semana acidentada, a monotonia do fim de semana pesa em silêncio. Não bastando a monotonia em si, ele encontra motivos para agravá-la, tem boa, excelente capacidade para agravar as coisas.

Janta sozinho. A mulher fazia *pizzas*, demorariam ficar prontas, isso foi pretexto para que jantasse só, sem esperar pelos outros. Foi fumar o cachimbo na varanda da frente, Valéria o acompanhou, como de hábito, tentando puxar conversa. As *pizzas* ficaram prontas, a mulher veio trazer-lhe um pedaço. Aceitou para ser gentil, depois subiu ao apartamento. Foi quando descobriu motivos sérios e tolos, atuais e antigos para ficar aborrecido.

Abre a geladeira. Apanha uma tangerina, vai chupá-la da janela do quarto. Atira caroços nos fios molhados da rua. A chuva desce, fina. Acerta alguns, os pingos caem ao mesmo tempo.

Sabor azedo na boca. Aliviou a tensão. "Bom sentir alguma coisa amarga na boca quando aborrecido por dentro, justificando alguma parte do aborrecimento." Em Recife, por exemplo, a terceira noite, estréia do balé no Teatro Santa Isabel. Comia a torta de maçã com creme, de repente o Jarbas, rodando nos dedos a chave do carro do Valter, o que dava em cima de Irene. Bastou isso. Complicado mecanismo funcionou lá dentro, hormônios misteriosos saíram das glândulas e despejaram no sangue um veneno cruel que o engasgou de súbito.

A torta cresceu dentro da boca como pedaço de estopa suja de óleo. Transbordava para fora — tanto crescia. Controlou o engulho, sentiu músculos retesados prendendo o vômito. Um tamarindo azedo na boca e talvez a coisa não saísse tão amarga assim. Reagiria melhor encontrando uma causa, "é o tamarindo, é o tamarindo", o cérebro teria de responder ao mesmo tempo a dois apelos amargos — e ele sofreria menos.

Não é época de tamarindos. Chupa a tangerina, alivia a pressão. Depois abre o livro, esforça-se novamente para ir avante na leitura mas é chamado ao apartamento do cunhado para o parabéns da menina que estão criando e que faz anos. A mulher fez-lhe o bolo, com dez velinhas por cima.

Quando resolve descer já tinham cantado o parabéns. (A voz de Renata sempre desafinando nos agudos.) Mesmo assim bate palmas, por nada mesmo, só para fazer qualquer coisa com as mãos.

"A família faz pena. Há sempre um pouco de lama, em certas horas, em determinadas datas, se esquece a lama. Mas ela paira por cima de tudo: ao menor pretexto rompe os diques e emporcalha tudo. Ódios velados, amores recalcados, palavras amargas, gestos apressados formam um mundo amargo que se arrasta com cada um. Sobe-se acima da planície: a família reunida, fotografia antiga onde todos já tenham cumprido sua missão. Não se pode rotular essa gente cotidiana que entra sem licença, imposta."

Desce mais fundo. E no limite do amor e do ódio encontra uma quase solução. "Tudo se localiza nesse estreito limite — e limite talvez não seja, mas gradação, hierarquia."

Sobe novamente. Tenta ler outra vez, custa a encontrar o trecho onde parara. Logo as crianças sobem para ouvir música na vitrola laqueada de Renata. Músicas de rodas, canções que chateiam por fora mas encontram lugar para doer dentro:

O cravo brigou com a rosa
debaixo de uma sacada
o cravo saiu ferido
a rosa despedaçada.

"Despedaçada ou despetalada? Ou desfolhada?" Cláudio prefere que seja despedaçada.

A mulher veio arrumar as plantas que mantém em vasos de cerâmica. Coloca-as no peitoril da janela para o benefício da noite. Trouxe lá de baixo alguns discos que a cunhada levara, teve o faro do pior, só levou porcarias, nem cometeu o favor de quebrá-los, devolveu-os intatos, numa fidelidade ao ruim que só a mulher consegue ter.

Retém na mão, por acaso, um deles, o *Batuque*, de Nepomuceno. Lembra novamente Recife. Era o número final, pertence a gênero fácil que predispõe a um fim de espetáculo agradável, satisfaz o gosto do público.

Ele sofria na conta em que esperava. Irene nem esperava terminar: quando as luzes baixavam na posição final ela saía correndo. As luzes se acendiam outra vez, notava-se a atitude desfeita, Irene e outras mais apressadas já tinham sumido, não ficavam nem para agradecer aos aplausos.

Elas começavam a descer, cada grupo arranjara bons lugares para passar a noite. Convidavam Cláudio, ele mentia, dizia que já tinha compromisso, fazia ar misterioso, o deixavam então, em paz e em dor.

Sofria à medida que os camarins iam ficando vazios. Irene era das últimas a descer, freqüentava clubes noturnos, voltava para o hotel madrugada já — e ele sofrendo com a chave do apartamento dela pendurada no quadro dos hóspedes, houve a manhã em que ao acordar correu à portaria e no quadro vazio, os pregos apontando para seus olhos atônitos, destacada, medonha, lá estava a chave imóvel, repousada, provando que Irene passara a noite fora.

Na última noite ela se aproximou. Convidou-o informalmente, como se não fizesse questão. O grupo de Irene era o mais fechado, ninguém entrava, ele teria de aproveitar a brecha.

Dançaram a noite toda.

Se acaso você chegasse
no meu chatô encontrasse
aquela mulher que você gostou...

Ela parou de repente, olhou-o fundo nos olhos:

— Você tem um mistério na vida?

Cláudio concordou, modestamente, que diabo, impossível que procurando bem não encontrasse um mistério na vida.

Um amigo recente deu-lhe o cigarro suspeito, foi fumar na varanda do Iate Clube, enquanto Paulinho Burgos tocava ao piano uma fantasia sobre músicas espanholas. Felicidade ou maconha — pairava. Irene humilde, encostada a seu ombro, os olhos úmidos e verdes, cabelos batendo de leve na sua boca — impaciente boca.

Dia raiando sobre o Capiberibe. Caio Cunha, dono da festa, fez servir gim, o copão enorme com tônica e gelo. O copão passou de boca em boca feito o cachimbo da paz dos índios. O gim da paz. Hábito do Iate Clube, para rebater os excessos da noite, consolidar triunfos ou iniciar o tortuoso caminho dos esquecimentos.

Um gole só. O de Irene foi logo depois do seu. Colocou a boca no mesmo lugar, demorou os lábios ali, olhando-o.

"Foi o nosso primeiro beijo."

Aquilo tudo saía do negro brilho do disco. Batuque. Recife. Irene. Dois anos atrás. Vontade de quebrar o disco e dele retirar a emoção morta. Disco inquebrável, *non-breakable* no selo, "até isso fazem contra a gente".

"Saudade lúcida é uma droga. Saudade tem muita lucidez, mais angústia que ternura. Não sei por quê, associo Hamlet à lucidez. Até que ponto ele foi lúcido? Quando duvidou do fantasma? Quando acreditou nele? O ladrão daqui da rua será um fantasma igual? Haverá lucidez nesse fantasma? Talvez a lucidez se resuma na consciência da sensação. A morte de Sócrates não foi lúcida, nem a de Cristo. Preciso sentir o problema, não me acredito lúcido em coisa alguma. No fundo, lucidez deve ser a consciência física do mistério."

"Há que um homem ter mistério. Irene disse e sem querer talvez tenha acertado: "'você tem um mistério na vida'!"

Foi o velho Paterone quem teve a idéia de abrir, em meio a seus terrenos, uma rua paralela à Rua Bojuru, um pouco mais extensa pelas duas curvas em bico, a da Avenida Paranapuã, onde construiu o posto de gasolina, e a praia, que finaliza a larga enseada da Freguesia, arrematada pela pedreira do mesmo Paterone, no limite com a praia do Barão.

Tudo do Paterone. Até a própria rua, que no início chamou-se Rua do Paterone. Mais tarde, entregues os novos loteamentos a seus donos, houve a necessidade de oficializá-la como logradouro público. Veio a água, os postes de iluminação, o asfaltamento, a numeração dos lotes e as duas placas azuis com o nome: Chapot-Prevost, um médico de prestígio pelas cercanias, parteiro hábil, responsável pelo nascimento de todos os ilhéus na casa dos quarenta aos oitenta anos.

Custaram a surgir as primeiras casas. O próprio Paterone edificou cinco prédios de dois pavimentos, intercalados, para incrementar a construção dos demais. Mais tarde, apareceu o edifício de três pavimentos dos Andrades, aproveitando os fundos do terreno que dava para a Rua Bojuru, já havia oito anos o velho Andrade morava com os seus na confortável casa da Rua Bojuru, em frente à boate. Aos fundos, a pequena área destinada a aves de consumo da família. Com a abertura da nova rua, o galinheiro foi demolido e surgiram os três andares em arquitetura moderna, vistosos, com frente para Chapot-Prevost. Entre a antiga casa e o novo prédio, restou o espaçoso quintal que o velho Andrade mandou cobrir de cerâmica e onde a família se reúne para os churrascos.

Fazendo frente à casa do Andrade, na Rua Bojuru, dando fundos para o cinema da Avenida Paranapuã, o galpão que desde tempos imemoriais leva o nome de boate. Há danças por lá, como diria seu Amadeu, *antes da ponte*, era dos lugares tradicionais e melhor freqüentados de toda a Ilha. A ponte avacalhou com a boate. Mesmo assim ela persiste, e pelos carnavais, em feriados onde há veranistas, o ambiente melhora. Durante o resto do ano permanece fechada, um veadinho tomando conta das mesas e cadeiras.

A direita da casa dos Andrades, os vastos domínios de seu Amadeu, dando saída para as duas ruas. A casa ocupa um quarto do terreno, sendo o resto tomado por enormes árvores que seu Amadeu já encontrara ali, quando fora o primeiro morador da rua. Uns quarenta metros após a casa de seu Amadeu, a praia completa o quadrado das duas ruas, unindo-as com o matagal que só agora o velho Paterone começa a pôr abaixo para construir novo edifício.

No prolongamento da Rua Bojuru, para dentro do mar, a pequenina ilha do Manuel Rodrigues, boa vegetação, uma roda de vento, uns pombos, e uma lanchinha amarela famosa pelos naufrágios que sofreu. Um pouco à esquerda da Manuel Rodrigues, na pequena enseada que precede a praia do Barão, um barco azul com fundo vermelho, permanentemente apoitado. É o *Rex*, do seu Amadeu.

Mixole uma vez por dia atravessa a nado a distância que vai da praça até a praia do Barão, espia as margens, sobe no *Rex* e fica de cócoras. Na Ilha inteira sabem o que Mixole vai fazer ali.

A chuva aumentou. O vento da barra sopra contra as vidraças. A mangueira do seu Morais geme, açoitada por monstro invisível, no meio da noite.

Cláudio, sozinho, teme as coisas lúcidas que podem acontecer. Os fantasmas lá longe, vindo em silêncio, sem deixar vestígios, como balões apagados da madrugada. E o ladrão passando pela rua, fantasma ridículo, dentro das dimensões humanas, "mais dia menos dia a radiopatrulha bota a mão nele".

Deu nove horas. A mulher encerrou a farra das crianças, Renata abriu a máquina de escrever e pediu para escrever o nome. Valéria também veio, tomar bênção. Há o ritual que se renova todas as noites: Cláudio faz três cruzes na testa delas, dizendo: "Que Deus te dê bons sonhos, que Deus te faça muito feliz, que Deus te dê muita saúde!" Renata leva a coisa a sério, já aprendeu o medo, teme os pesadelos e os ladrões, pensa que a bênção a livrará dos males que aos poucos vai sabendo a vida cheia. Valéria toma a bênção como farra, a última farra, de um dia cheio de farras.

Estão todas deitadas. Dormem o primeiro sono na cama dos pais. Quando Cláudio se deita, lá pela madrugada, passa-as dormindo para o quarto cor-de-rosa, cheio de bonecas. Quando ele está com preguiça, ou elas dormem agitadas, quem vai para o quarto das bonecas é ele mesmo. Sente-se ridículo dormindo na cama laqueada de Renata, as pernas sobrando, bonecas espalhadas em volta. Nunca disse a ninguém, nem tem a quem dizê-lo, mas sente vergonha disso.

O silêncio volta, pouco a pouco. Lá embaixo, na casa dos sogros, estão todos recolhidos. A chuva bate com força mas a viração é mais forte quando sopra, insubmissa.

As meninas ouvem a história de todas as noites, a da baratinha que queria se casar. A mulher tem voz propositadamente arrastada, até parecer reza de beata, sem convicção, um cantochão que apenas embala. As meninas não resistem, dormem no meio, a mulher termina vencida pela própria voz, dorme também, antes de concluir.

Quando querem histórias de verdade, as garotas vão pedi-las ao pai. Ele então as espanta com farrapos de leituras, sonhos malucos que tem às vezes, sem nenhum sentido. Mas para elas tudo tem sentido se faz bonito.

Por causa dos sonhos, Cláudio prolonga a vigília. Teme a ida para a cama, entregar-se aos fantasmas da noite. Não poderia precisar quando, mas há muito é perseguido por pesadelos. Para evitá-los, prefere a insônia, toma comprimidos, passa duas a três noites insones, a cara escaveirada a assustar amigos, a intranqüilizar a mulher. Até que de repente vem a brutalidade de dentro dele, a força misteriosa que o arrasta para a cama, inconsciente, e é o sono violento, profundo, que o deixa atordoado durante os dias seguintes.

De início pensou na incontinência sexual, andava abusando, Marcela o esgotava, e afora Marcela, os casos mais antigos, Marina, Irene, uma ou outra que volta e meia reaparecia e novamente desaparecia.

Programou vida de asceta, passava três a quatro dias evitando os encontros, mas justamente nesses períodos acontecia-lhe o sono brutal que o atirava à cama como um possesso. Sofria quando insone, sofria quando tinha pesadelos e sofria mais quando se entregava àquela letargia que o prostrava horas e horas. Procurava então, voluntariamente, o quarto das meninas, onde podia dormir ou sofrer mais à vontade, sem incomodar ninguém.

"Esta noite devo ter um pouco de descanso."

Em geral, após uma noite de sono brutal, sucediam-se duas a três noites suportáveis, mais ou menos tranqüilas, sonhos neutros que não o angustiavam.

Da boate em frente à casa do sogro começam o baile de todos os sábados. Ninguém sabe o que vem fazer o ladrão em meio a gente tão inroubável. O clarinete sobe no Star Dust desafinando, a bateria acompanha fora do ritmo, mas a dança persiste, não animada, por obrigação parece, arrastada, como um dever.

O clarinete faz o floreio e ataca o bolero que andou cantado em tempo de samba, pelo último carnaval. Aquela mesma música penetrou em Cláudio com um perfume: *chambley*. O perfume de Marcela. Por que o bolero, por que o *chambley*? Por que Marcela?

Marcela viera assistir à festa dos veranistas. Houve oportunidade, tomaram coragem, quando deu por si já a tinha nos braços, inteira, flexível como uma enguia — o marido ria, complacente, tranqüilo.

A mecha queimada pelo sol da praia caía na fronte de Marcela. Quando a rodava com mais força, aqueles cabelos batiam-lhe na boca.

— Vou sentir saudades do verão.

— Eu também.

— Pretendo voltar o ano que vem.

— As coisas não voltam: não adianta *nós* voltarmos.

— Em todo o caso, obrigada por tudo.

— Não precisa agradecer, não chegou a hora do adeus ainda.

— Isso não é adeus!

— Guarde os agradecimentos ou as censuras até lá. E até lá, o bem e o mal serão recíprocos.

"Verdade nós nos amávamos."

Passado já. Passado de dois meses, tão distante Marcela de dois meses quanto Irene de dois anos. Montanhas e vales nivelados pela perspectiva do tempo, a planície — "ou planalto?".

Não importa agora. Os dias passaram, noites carregaram lentas ausências, difíceis de desfiar lá de dentro. Cláudio fecha os olhos e pensa em nada, mas profundamente.

Profundamente, a noite escorrega, levada pela viração da barra, enorme, indeformável nuvem.

"O mais estúpido dos domingos é que todos se parecem, como as sextas-feiras-da-paixão e as quartas-feiras-de-cinzas. Os outros dias da semana são sempre novos, embora nada de únicos. Domingo não. Dá a impressão de feito em série, no rádio as mesmas canções napolitanas, os mesmos resultados no futebol, nas igrejas o mesmo homem bebendo vinho diante de mulheres ajoelhadas. O dia em que descobrirem métodos seguros de hibernação artificial, irei hibernar-me todos os sábados. Passarei o domingo na geladeira, renascerei na segunda-feira, como esses gigantes pré-históricos que um dia despertarão do sono polar e devastarão a terra com suas fomes milenares."

Cláudio recebera uma carta: o homem de negócios pedia-lhe a opinião sobre um assunto. Lá estava, textualmente: "o senhor é um homem equilibrado."

Homem equilibrado — eis o homem. Seu pai o exibia com orgulho. Em todos os lugares arrastara a incômoda fama: um homem equilibrado. Só ele sabe que não tem equilíbrio algum, fica em pé, permanece em pé pela neutralização dos contrários. Mas nada pode fazer por si.

Continua chovendo. A noite toda choveu e pela manhã o sol botou a caratonha para fora, cuspiu um pouco de fogo e recolheu-se, entediado. A mulher resolveu fazer faxina no apartamento, convocou as empregadas para o serviço e ele ficou com as crianças até a hora do almoço — sim, um homem equilibrado.

Tenta ler o jornal, mas seu Jair vem pedi-lo emprestado, chegara tarde na banca, os jornais tinham acabado e ele queria saber da situação na Arábia Saudita, os americanos são uns safados. Lerá os telegramas e depois deitará sabedoria para cima de seu Amadeu, ao pé do chope.

Sobra-lhe o suplemento, artigos sobre Fernand Léger, Tentativa de Interpretação de Joyce, A Fase Azul de Picasso, uns poemas. A cunhada aparece-lhe ao lado, num dos *shorts* justos que ela teima em usar para desespero da Ilha. Cláudio ignora se ela está ali há muito tempo, só a percebe quando se pergunta se está entendendo os poemas. Nesse exato momento ela lhe faz a mesma pergunta.

Responde que não — é mais fácil e digno. Para valorizar a ignorância, ou desculpá-la, acrescenta que os poemas não se destinam à compreensão, e sim, à sensação.

É sóbrio:

"Não é para entender. É para sentir."

Ela faz cara de espanto — mas sentir o quê? — e retorna. Some tão repentinamente como aparecera. O noivo lá dentro, ela interrompera o namoro para se intrometer com poemas. Só isso?

Ou o incidente não existiu? Foi alucinação, ele lia os poemas, de repente viu as coxas nuas, os cabelos louros, a pergunta que foi mais de dentro dele do que dela propriamente.

"Não, não pode ser alucinação, sou um homem equilibrado, preciso repetir diversas vezes para mim mesmo, escrever em cada página que leio, em cada muro que ultrapasso: sou um homem equilibrado!"

Real ou imaginária, ela apareceu a seu lado, fez pergunta idiota, recebeu resposta também idiota e desapareceu. Incomoda-o a surpresa de ter dado com ela. Geralmente, ele adivinha sua presença, há batedores motorizados que a anunciam à distância. Sente-a longe, pela cor do céu, pelo silêncio das árvores, pela dimensão das nuvens. Sempre o incomoda. Dessa vez as cautelas diluidoras falharam, ele fora apanhado de surpresa — e não a perdoava por isso.

Imagina um aborrecimento com o noivo. Para valorizar o amuo, ela foi espraiar os cabelos lá fora. A pergunta justificou-a ali, ela sabe que sua presença é dolorosa quando em silêncio. Voltou logo, a reconciliação deve ter sido gostosa, talvez não tenha sido isso precisamente, mas Cláudio pensa que foi assim. Procura concentrar-se, amam às suas costas: "Ainda bem, isso faz sentido."

O mar, ferida aberta, sangrando azul, lá no fim da rua.

Após o almoço tenta renovar o passeio da véspera. Passa pela Rua Jari mas não sente nada. Fica pensando na emoção do dia anterior. Compara as duas sensações: qual a verdadeira? Qual a sincera? Ou nenhuma havia sido uma coisa ou outra?

"O equilíbrio, não me entregar nunca, ficar sempre no meio, eqüidistante dos extremos. Para que avançar? Mais se fica no mesmo lugar. Caminhos estáticos, isso sim, começam e acabam no mesmo ponto estanque, estreito espaço. Tudo parece ter passado, o lado bom do amor — é morto. Ou o lado virgem do ódio. Mastigar agora, até o fim. Marcela já deslumbrou. Sei o que vem agora. A falar a verdade, começamos o fim e mal saímos do começo."

O encantamento da descoberta — valeu. No reconhecimento de que haveriam de sofrer ainda, pouparam-se mutuamente, foram práticos, breves. Na realidade, estavam sendo maduros. Já haviam desperdiçado fôlego em batalhas findas: nas mãos vazias, mãos de gladiadores — apertavam agora o fracasso de tudo.

O costumeiro repasto. Sentia-se inferior a Marcela na capacidade do amor, de aceitar o amor. Ela dava dignidade a isso tudo. Ele não. Procurava, quando muito, dar equilíbrio. Mas como sofrer equilibradamente?

"Sim, ela tem razão, sou ridículo!" Tinha as amarras, latas grudadas atrás de si, como os carros dos recém-casados. "Tenho latas também, mas as minhas têm férias periódicas, liberto-me não das latas propriamente, mas das teias que me amarram a elas. "Não resolve. Ele volta fielmente às latas numa obsessão amarga. Parecem prendê-lo sem laços, como coisas magnéticas. Marcela não, tem latas e teias isoladas entre si: a hierarquia da prisão. Faz barulho se alguém a toca. Ou se ela mesma procura fugir.

É quando ele mais a ama. E quando ela mais se despreza.

A primeira vez obedecera a um roteiro interior que elaboraram isoladamente, sem sequer se conhecerem, nem saberem ao certo no que daria a conversa das primeiras manhãs, "que que o senhor usa contra os mosquitos?".

"Cada amor é noviciado para outro que se abre à frente." Cada qual ruminou o roteiro amargo, na suposição de um mistério prestes a desabar sobre eles. E de repente abriram os olhos e viram que estavam nus.

A obra de paciência e mistério desaguou naquela posse: como quem começa a noite amando uma virgem e de manhã descobre que dormiu com uma puta. Ou o contrário.

"A vida faz dessas com a gente."

Marcela sentada no meio-fio da rua:

— Sou peixe, sabe? Talvez me compreenda...

— Sou peixe também, há trinta anos, e até hoje não me compreendi. O signo é infame. Preferia ser câncer.

— Empatamos. Sejamos galantes então, o melhor é parar.

— Parar?

("Desde o início sabíamos, por mais que andássemos não chegaríamos nunca a lugar algum, nem sequer sairíamos do mesmo lugar.")

— Temos muito a sofrer, Marcela.

— Juntos?

— Ou separados. Isso não conta. Conta é nossa predestinação, nossa vocação ao sofrimento.

— Ao amor?

— Dá no mesmo.

— Sim, tudo dá no mesmo, quer continuemos ou não.

A chuvinha miúda começara a cair, ele sentia as costas molhadas.

— Vamos para dentro do carro?

— Para quê? Estou bem aqui.

— Honestamente, eu me sinto ridículo diante de você.

— E eu? Pior ainda!

— Que que vai ser de nós dois agora?

Marcela deu de ombros. Pediu-lhe um cigarro. Parecia humilhada, houvera despudor na sua primeira fraqueza, ela se oferecera, tomara o carro, dava-lhe o direito de ser brutal. Diante daquela fraqueza, Cláudio se surpreendia, tão corrompido já, como se fosse criança, tentando amparar um irmão menor. E ali estavam, a noite cúmplice, o carro, a impotência em serem infelizes separados — "há que ser infelizes juntos, às vezes".

— As aparências são contra.

— Tudo é contra.

Marcela riu. Fica feia quando ri, o riso agônico, sem nuança, boneco que ri quando a corda dispara. Depois ficou séria. Inclinou a cabeça sobre o ombro dele, e ofereceu-lhe a boca, aberta já. Cheirava a fumo, parecia boca íntima, beijada não sabia quando.

Súbito, manda-lhe o olhar feroz. Descobriu tarde que podia ter prolongado a espera, não soara a hora do suor comum.

Soou a hora.

Maduros, esperar mais e apodreceriam lado a lado, mesquinhos e inúteis. Descascaram o fruto, chegavam ao bagaço. Precisavam do rito para compensar.

Primeira posse sofrida. Como que se perdoavam.

Não chegaram a chorar — seria doloroso demais. Mas o rito foi pranto alongado em dois, pranto silencioso, humilde, tão sofrido que só às vezes parecia prazer.

Descanso também. Na posse — "como posse coisa tão impossuída?" — sentiram as amarras todas, latas, passado, futuro, tudo o que os unia e separava como faíscas elétricas que se repelem e atraem, cegas.

"Para andarem no infinito, os aviões criam grades imaginárias. Tantos quilômetros para frente, tantos quilômetros para trás, tantos à esquerda, tantos à direita, tantos acima, tantos abaixo.

"Nesse quadrado imaginário se locomovem em paz, seguros.

"É o tijolo de segurança.

"Os outros aviões respeitam esse quadrado, carregam ao redor tijolos iguais."

Marcela e Cláudio. Finalmente um dentro do outro. "Que que o senhor usa contra os mosquitos?"

— Vem, toma!

— Marcela!

— Toma! Toma! Aperta minha mão!

Sentiam o peso de grades que não se rompiam: "Tantos quilômetros para a frente, tantos quilômetros para trás. Por mais que se espremessem, por mais que entrassem um no outro, continuavam intatos, impossuídos. Quadrados petrificados, zona neutra entre os dois."

— Toma! Assim, agora, assim!

Doía.

A primeira sensação foi estranha: os globos de luz da Praça Paris aproximaram-se, rodaram, afastaram-se distantes, como no fundo de um túnel escuro, depois voltaram outra vez, enormes, entrando pelos olhos. Binho agarrava o volante não mais para corrigir a posição do carro, mas para não ser lançado fora. O lotação freou abruptamente ao lado, ferros rangeram, a senhora que esperava alguém na alameda do centro deu um grito.

O susto foi tanto que ninguém no carro gritou, nem mesmo Tom, músico do Orfeu, cuja mão parecia presa entre a carroceria do MG e a gorda árvore que barrara o rodopio do carro.

Fora da pista, o MG ofega, tremendo, meio tombado. Um camarada salta do lotação, ajuda Tom a sair, a mão bamba, a primeira impressão é triste, Tom nunca mais tocaria os sambas bonitos que sabia fazer. Cláudio pula, o coração na boca, mas apesar do susto tem pressa para acudir Binho.

Junta gente. O lotação dá atrás e vai embora. Os carros que passam diminuem a marcha, caras curiosas aparecem para inventariar os mortos e feridos. Um sujeito aparece de repente, querendo prender todo mundo, diz-se autoridade, ameaça puxar poderosa carteira do bolso mas fica no gesto. Binho analisa os danos do carro, paguei 18 contos de lanternagem na semana passada, foi tudo para o beleléu, isso na hora não dói, amanhã é que vou ficar desesperado. Só depois de examinar os pneus torcidos, a bengala caída, a lataria totalmente amassada do lado da árvore é que se lembra da mão de Tom. Não havia sido nada, apenas um arranhão, Tom aperta com a outra mão o pulso, mexe com os dedos, como garras de um polvo, para testar os reflexos.

O sujeito quer levar alguém preso, depois de ver que ninguém aprova a prisão de ninguém. Binho tem cheiro de uísque, os olhos injetados, cabelos caídos pela testa. Cláudio manda a autoridade à merda e o homem fica fora de si, exige respeito, faz novamente o gesto de quem puxa onipotente carteira do bolso. Tom, o que menos berra, é o mais lúcido: chama o táxi, ele e Cláudio empurram Binho para dentro, à força.

— Quebro a cara daquele veado!

— Quebra nada, Binho, o homem é do Distrito.

— Distrito uma ova, o homem é vigarista, não tem carteira nem nada, é um imbecil!

— Ele queria um cadáver. É desses que andam com vela acesa no bolso. Morre um sujeito no diabo, longe de qualquer recurso, dois minutos depois aparece uma vela acesa ao lado. O sujeito que bota essa vela é ele. Ficou puto porque não teve cadáver.

— Não fale em cadáver. Por pouco...

— Vocês pensam que eu estou de porre?

— Pensamos.

— Merda para vocês!

— Não fique falando e olhando para trás. Olha que você vomita.

— Nunca mais dou carona a teso!

— Mas quem pagou o uísque fui eu!

— E quem vai pagar o estrago na minha mão?

— A mãe!

— Para onde vamos?

— Para a casa de Marina.

— Quem é Marina?

— Uma coroa que o Cláudio explora.

— Não é bem assim. É uma amiga minha.

— Todo mundo sabe que você é cafetão de Marina. Toma dinheiro dela para gastar com outras.

— Mas você não é casado?

— O Binho está bêbado, não ligue para o que ele diz.

— Isso é argumento de veado!

— Os senhores podem dizer para onde vão?

— Rua Duvivier.

— Zona de cafajeste.

— Amanhã tenho uma gravação, a mão está doendo.

— Nunca mais te dou carona, Tom.

— Não estou reclamando.

— Da outra vez vá de ônibus.

— Foi você quem convidou, eu não pedi.

— Eu estava de porre, você devia ter visto.

— Está ainda. O meu já passou, com o susto.

— Cláudio, você é um chato quando bebe!

— Já disse, não estou mais, a trombada curou.

— Pior: quando está lúcido é um imbecil!

— Você bebeu porque quis.

— Vira para a frente.

O motorista encosta o carro no meio-fio, Binho bota a cara para fora e despeja na calçada um jato colorido, cheirando a azedo.

— Você mora aqui mesmo?

— Não. Moro na Ilha. Marina é apenas uma amiga.

— E ainda vai hoje para a Ilha?

— Deixei o carro na Esplanada.

— Tem carro? E por que deixou Binho dirigir?

— Eu estava ruim. Pensei que Binho dirigia melhor, mesmo ruim.

— No carnaval ele entrou na traseira de um bonde, com o Citroen antigo.

— Ele me contou.

— O MG vai durar pouco na mão dele.

— Acho que já durou.

— Podemos ir?

— Vamos, está perto.

Binho passa o lenço pela boca, os cabelos caídos, fedendo a vômito, a cara de nojo. Cláudio imagina a desculpa para invadir a casa de Marina tão tarde, com dois amigos altos, era o diabo. O túnel do Leme fica para trás, a brisa do Atlântico varre o cheiro de vômito que se espalhara pelo carro.

— Vou parar de beber.

— Faz bem.

— Já disse que você é nojento quando se mete a dar conselhos. Prefiro você bêbado, lúcido é uma droga.

Cláudio ouve pela segunda vez a palavra lúcido. Insistência cruel de Binho aquela, chamá-lo de lúcido.

Marina abre a porta e finge não se incomodar com a visita àquela hora.

— São uns amigos, houve um acidente.

Marina conhece Binho de referências, não o imaginava tão pequenino.

— Tem sal de fruta?

Três doses iguais. Marina vai apanhar mercurocromo, enfaixa a mão de Tom. Binho deitado no sofá bate com as mãos na própria cabeça:

— Estou arruinado!

— Quem mandou beber?

— Não foi a bebida. Aquela curva é esquisita, não vi o meio-fio direito, bati com a roda da frente, pisei nos freios, o resto foi aquilo. Agora o carro está quebrado, é jogar fora!

— Você teve sorte, podia ter matado um ou todos.

— Por mim vocês podiam ir todos à merda.

— Bastava o lotação que vinha atrás não parar na hora.

Tom vem lá de dentro:

— Binho, respeite a casa.

— Nunca mais me meto com chatos, com burgueses-avaros!

Burguês-avaro — outra das senhas do Binho.

Marina manda a empregada servir pequeno lanche aos três, Cláudio olha Binho estendido no sofá, um pouco de raiva do amigo. Amizade antiga, desde os tempos de colégio. Sumia e desaparecia guardando coerência tanto no afastamento como na aproximação. Períodos calmos para Cláudio, em que tudo corria bem e Binho virava fantasma que não incomodava. Tempestades próximas, crises de insônia e de dor-de-corno em potencial, e Binho surgia do chão, como sombra saída dos infernos.

Andara afastado de Binho há tempos, mudara de bar para não encontrá-lo. Mas no dia em que possuíra Marcela pela primeira vez, ou pelo cansaço, ou levado por invisível mão, abriu a pesada porta de vidro do Juca's Bar, "o melhor ar refrigerado da cidade" — dizia a carteirinha de fósforos que distribuíam como propaganda. Evitou o primeiro pavimento, subiu para o segundo, enfiou-se num canto, solitário, a ruminar o Johnnie-Walker e o cheiro de *chambley* que lhe ficara de Marcela em todo o corpo. Binho então apareceu como decorrência, como quem acorda e vê a luz da manhã entrando pelas venezianas da janela: abrindo a janela o sol dá de cara, pontual.

Sujeito plácido e histérico o Binho. Plácido para com os outros, histérico para com ele mesmo, dá a impressão de que está sob o efeito de droga, comido por fogo interior — é um demônio por causa disso, a roupa de linho, o nó Windsor da gravata, os cabelos bem penteados pretendem esconder o pé-de-cabra daquelas histórias em que o diabo toma aparências de príncipe encantado para seduzir virgens: na noite de núpcias, ao tirar os sapatos, o pé-de-cabra é o estigma que o marca, eterno.

Marina chama para o lanche. Tom dá explicações, o carro vinha assim mas a roda bateu na calçada e aí, Marina força ser gentil, mas demonstra impaciência no canto da boca, esperara Cláudio desde as sete horas, ele prometera vir, já havia duas semanas não aparecia, e chegava àquela hora, com amigos bêbados, volta e meia vinha-lhe vontade de chorar ali mesmo, para que os amigos de Cláudio soubessem como ele era mau. O orgulho impedia-lhe isso, Cláudio nunca mais a perdoaria, e ela não poderia viver sem ele, agora já não tinha dúvida, era seu último amante, despertara a atenção dele aos quarenta anos, então havia tempo, agora não, nem sequer tinha disposição para arranjar outro, depois de Cláudio era a velhice, o fim, e continha a vontade de chorar para que ninguém soubesse que ela temia o fim.

— Binho tem bebido muito, é bom que Cláudio o fiscalize um pouco. Foi imperdoável da parte dele deixar Binho dirigir no estado em que estava, eu não reparei porque havia bebido também e não sei dirigir, e agora está aí, o carro quebrado, a mão doendo, amanhã tenho uma gravação.

— O senhor é músico?

— Mais ou menos. Componho também.

Cláudio esquecera-se de apresentar Tom. Pensa em interferir na conversa dos dois, mas prefere ficar calado. Evita assim o olhar ansiado de Marina que lhe pede contas e lhe cobra faltas.

Binho ameaça dormir e Cláudio vai acordá-lo, tinham de ir ver o carro, àquela altura já a polícia esperava o dono, a chapa anotada, Binho tinha de se explicar de qualquer maneira, bastava o carro abandonado para contrariar os regulamentos.

— Cláudio, você não vem comer?

— Não.

Tom come à vontade, o acidente abre-lhe o apetite, mantém conversa com Marina e Cláudio é-lhe grato por isso. Levanta-se, cutuca Binho com o braço:

— Não dorme não. Temos de voltar lá.

— Vão vocês. Reboquem o carro, façam o que puder. Eu não agüento mais!

Vira a cara e emborca.

Marina aproveita estar a sós, manda-lhe finalmente o olhar que ameaçava desde o início. Cláudio faz um gesto aborrecido:

— Pelo amor de Deus, hoje não, depois eu explico!

Tom volta do lanche, satisfeito, fumando cigarro, a mão enfaixada por Marina parecendo mais leve que a outra:

— Binho dormiu?

— Dormiu. Vamos nós ver o carro.

Saem. Marina olha agoniada para Binho dormindo em seu sofá e para Cláudio que se retira.

— Não se preocupe, ele está inofensivo, lá pelo meio da noite acorda e vai embora.

Pelo jeito com que vai calado no elevador, Cláudio percebe que Tom o censura pelo tratamento dado a Marina. Pretende explicar qualquer coisa mas sobe-lhe uma vaga preguiça de abrir a boca.

"Pense o que quiser! Dá no mesmo!"

Na Praça Paris, quase deserta, o aglomerado de seis pessoas marca a presença do MG espatifado. Dois guardas conversam, encostados nas motos paradas em cima da calçada. Tom e Cláudio dão explicações, não há derramamento de sangue nem ameaça de. Pagam a intervenção cirúrgica da gravidez tubária da amante de um dos guardas, os dois racham o preço da gravidez tubária bem nas barbas deles e tudo fica nisso mesmo.

— Podem mandar rebocar.

Tom conhece a garagem onde Binho guarda o carro, vai dar o telefonema. Cláudio toma o táxi, volta à cidade, vê o Studebaker sozinho na imensa esplanada, deserta então. O carro escuro tem algo de resignado. Sem saber por quê, lembra o silêncio de Tom no elevador. O carro parece censurá-lo também. Outra espécie de censura, maior, mais funda, mais sua.

Pelo caminho, rumo à Ilha, pensa em Marcela que foi sua pelo meio da tarde. No acidente que trouxera a morte tão próxima e já tão distante outra vez. Nem com a posse de Marcela, nem com a visão da morte conseguira romper os quadrados de segurança. Perseverava intato no seu mistério — ou na sua lucidez.

Julga-se um estranho que guarda o intato indefinidamente, como a criança que não abre seu saquinho de balas para que fique eterno.

O Studebaker corre macio pelo concreto da ponte. As luzes do Galeão refletem-se nas águas da baía, a luzinha vermelha do avião pisca lá em cima, iniciando a curva para tomar pista. Cláudio diminui a marcha para coincidir a passagem com a descida do avião. Mas logo percebe que a luzinha vermelha se afasta cada vez mais, e penetra, como uma estrela, na enseada da noite.

— Papai, hoje tem arrozinho?

Cláudio suspende a leitura e olha a cara da filha.

— Você não jantou lá embaixo?

— Não. Só tomei café com sanduíche.

Valéria chega do quarto, correndo:

— Faz arroz, papai!

A mulher não gosta, mas cala, atenção nos sapatinhos de lã que está fazendo para uma sobrinha que ainda vai nascer.

— Vamos!

Não sabia como, aprendera a cozinhar. Gostava de lidar com panelas, com temperos, tinha boa mão, famosa pelos verões a sua sirizada da meia-noite, um panelão de siri refogado no azeite. Renata e Valéria preferiam o arroz complicado no qual entravam toucinho, paio, lingüiça, cenoura, temperos todos e arroz, naturalmente, que não chegava a lavar, para não prejudicar a autenticidade do arroz.

Renata e Valéria comiam um prato cheio. Cláudio comia-o pelando, botando mais sal, para justificar o vasto copo de água gelada. No fundo, sabia que preparava com o arroz de hoje a úlcera de amanhã.

O bom senso da mulher:

— Você está estragando o estômago dessas meninas!

— Elas é que pediram!

Valéria quer agora o cachimbo. Cláudio dá-lhe um, não mais em uso, a filha pede o que o pai está fumando. Cláudio oferece-lhe outros, de sua coleção. Tem uma porção e as garotas o julgam muito importante, o camarada mais importante do mundo. De uma só tragada o vêem fumar cigarro e cachimbos de todos os feitios e tamanhos. Isso estabelece tabus dentro de casa, os pacotes de fumo são invioláveis, os cachimbos são vasos sagrados do Templo. Elas sabem que ele mexe naquilo com intimidade de Sumo Sacerdote, espiam-no do fundo de seus olhinhos miúdos e o consideram a coisa mais poderosa do universo.

A mulher não tem a mesma opinião. Os apetrechos são trambolho, reclama contra tantos cachimbos, tantos objetos feios que sujam os tapetes.

As meninas vão deitar. O ritual da bênção renovado, que Deus te dê muito isso, muito aquilo. Valéria recebe a bênção rindo. Renata leva a sério, para evitar os pesadelos, os ladrões da noite.

— Papai, ontem eu sonhei que estava dando ladrão!

— Não foi nada, isso de ladrão é mentira, é para as crianças ficarem bem comportadas...

— É que nem bicho-papão?

— Mais ou menos. Ninguém acredita mais em bicho-papão, então os adultos inventam o ladrão que rouba as criancinhas...

— Por que os homens grandes são tão maus?

— Porque são grandes.

Cláudio, sozinho, agora, no *living*, descobre que tem medo também. Medo de não sabe bem o quê. Mas não tem ninguém a quem pedir bênção. Tenta se abençoar sozinho, mas não é a mesma coisa.

Abre o janelão. Araújo vem da praia, de braço com a mulher, os dois filhos à frente, falando alto.

— Boa-noite!

— Boa-noite. Na praia está frio.

Cláudio não dá conversa, Araújo é desses de ficar a noite toda falando.

— Até amanhã.

Pensa em ir deitar. Mas sente repulsa à cama. Na véspera dormira tão violentamente que nem sentira: Valéria passara para sua cama, tinha um alfinete segurando a medalhinha do anjo da guarda, o alfinete estava aberto, entrou no braço de Cláudio e ele nem sentiu, quando acordou viu o lençol sujo de sangue, precisou raciocinar para sentir a dor.

"Não quero perder meus domínios, ficar solto, sem minhas amarras, sem meu equilíbrio, sem tijolo de segurança. Não deve ser nada, excesso de bebida talvez."

Desde o dia do acidente com o carro de Binho que deixara de beber Johnnie-Walker, passara a beber rum. Na garrafa havia o rótulo: Santiago de Cuba. O negro de. García Lorca, verde que te quero verde.

"Verde que te quero verde me quedo sozinho. O homem tem de resolver sozinho todos os problemas importantes. Nem mesmo a experiência alheia ajuda: como é a morte, quem é Deus?"

Silêncio invadindo a casa. Cláudio ouve o barulho da sogra fechando as portas lá de baixo. É uma mulher barroca de olhos azuis. Existem um ao lado do outro, sem palavras, mas o silêncio entre eles não tem nenhum significado, nem chega a ser silêncio, é um vazio de duas pessoas que nada têm a se dizer. Não há futuro nem passado entre os dois. Cláudio pode beijá-la ou esbofeteá-la, sem motivos para uma coisa ou outra.

"Ora, os vermes também comem os olhos azuis!"

Há tempo que seu Jair não tem nada o que fazer. Apareceu pela Ilha, para ajudar a irmã a fazer a casa. A irmã fez a casa, morou uns tempos e foi embora, seu Jair ficou e ameaça ficar para sempre. É entendido em flores e em arte naval, quando a *Chris-Craft* do velho Andrade pifa nas saídas, seu Jair é o primeiro a levantar a tampa do motor e meter o bedelho:

— É o platinado!

Enguiço em motor de lancha é no platinado, em motor de automóvel é no carburador, o vento que sopra é sempre o nordeste, nunca há outros ventos, venha de dentro ou de fora seu Jair olha com intimidade as ondas, sonda as nuvens:

— É o nordeste!

Entende ainda de macumbas, de esoterismo e de situação internacional. Como não tem público para nada disso, julga-se incompreendido e o é, de fato. Seu Amadeu sabe histórias dele, a mulher que fugiu com um padre, lá no sertão de Minas. Seu Jair não ignora que seu Amadeu espalha aos ventos sua desgraça antiga. Em compensação, a Ilha inteira conheceu os detalhes da história de Tereza-Demônio-nu através do relato de seu Jair. Dão-se por bem pagos e é possível que se estimem.

— Pois isso não está me cheirando bem...

— Seu Jair, já vi muita coisa esquisita nesta Ilha.

— Será o mesmo sujeito, o demônio-nu?

— Não. Não... quer dizer, jurar não posso, mas por que o sujeitinho voltaria sem mais nem menos, após quase três anos?

— Seu Amadeu, o senhor viu os dois, pode fazer um juízo, eu não vi o outro...

— Bem, ver, só vi mesmo esse ladrão de agora, no escuro, e de longe.

— E não viu bem o outro?

— Só a bunda. Muito branca, nua, o camarada andava tostado de sol, era freqüentador de praia, isso era.

— Qualquer dia fico acordado para ver.

— Não tem dia certo de aparecer. Passa pelo meio da rua, pula os muros, espia as janelas. Noutro dia subiu numa árvore lá de casa.

— Para quê?

— Sei lá? Subiu, pulou, quando saí correndo ele desapareceu para os fundos da casa de seu Morais.

— É preciso uma providência...

— Qual, ninguém quer nada. Falei com o Andrade, ainda não viu nada, pensa que é falta do que fazer da gente.

— E olhe que em matéria de mulher a casa dele é cheia.

Trocaram um olhar cauteloso, medindo cada qual o grau de intimidade do outro com os Andrades, para desabafar. O receio de uma palavra impensada travou os pensamentos de parte a parte.

— É, é bom que ele tome cuidado, afinal, nós não temos nada a perder. Minha velha já está mais para lá do que para cá, e o senhor, ao que me consta é solteiro, não é, seu Jair?

Em brios, seu Jair se desapertou:

— O senhor fala com experiência, seu Amadeu, até hoje não esqueço aquela história de Tereza...

— Até logo, seu Jair.

— Bom-dia para o senhor, seu Amadeu.

A mulher do Evaristo vem chegando da praia, corta a rua para pegar a calçada oposta, não gosta de passar de maiô perto de Seu Amadeu, aquele olho azul raiado de vermelho come-lhe as coxas com brutalidade.

Mais ao longe, a nado, só a cabeça magra fora da água, Mixole cruza a pequena enseada do fim da praia, em busca do *Rex*.

À noitinha, olhando o anúncio luminoso que se acendia, a cabeça começa-lhe a doer. De início parece um pensamento, uma idéia triste que o incomoda. Vai crescendo até virar matéria e ter limites: só a cabeça parece existir, enorme, vergando o corpo de dor.

Doloroso até olhar. Caminha de olhos fechados pelas ruas, cegueira voluntária que lhe faz bem. Tem a sensação de estar habituado a andar de olhos fechados, trevas íntimas, talvez amadas. Quando atravessa zonas iluminadas, a luz é uma gargalhada entrando pelos poros de sua carne. O colorido dos néons — como sente cada cor profunda. Barulhos crescem, vêm do muro negro, alguns se destacam, isolados. Tosses — como tanta gente tosse — o bonde virando a curva do Largo da Carioca, os músicos ambulantes da Cinelândia, um tango.

Cego, esquece a dor de cabeça, não tem mais cabeça, monstro andando pelas ruas sem meter medo a ninguém. Não mete medo mas causa contratempo a um cidadão na esquina do Odeon: pisa-lhe os sapatos. O homem pergunta, solene, se ele não enxerga:

— Às vezes, não.

Janta em Copacabana, em casa de Marina. Ela quis explicações, mas Cláudio aponta para a cabeça, com uma ponta de desespero:

— Depois eu explico!

Vai apanhar a mulher na casa dos compadres. O compadre dá-lhe um comprimido, branco como hóstia. Toma-o com docilidade diante da dor.

No Studebaker, a mulher inclina a cabeça para trás e dorme. Há tempos, Cláudio vira um sujeito assassinado dentro de um carro, no mesmo banco da frente. A cabeça caíra para trás, abandonada, tal qual a da mulher agora. Fica pensando no que sentiria se estivesse levando, na verdade, o cadáver da mulher. Jogá-lo-ia do alto da ponte. Mas o ônibus que vai para São Paulo corta-lhe a frente, com a meia-freada do Studebaker a mulher acorda:

— Esses ônibus são malucos. Isso não é velocidade para dentro da cidade.

— Eles precisam correr. Todo mundo lá dentro tem pressa.

Ela se ajeita novamente, a cabeça cai para trás. Há tempos os dois andavam juntinhos no carro, ele nem podia dirigir direito. Agora a mulher parece um cadáver.

"Jogaria no mar, não há dúvida."

De repente, a vontade de ver Marcela. Podia fazer muita coisa, tinha mesmo muita coisa a fazer. Mas a loucura veio súbita, inadiável: Marcela, Marcela, sem Marcela não há salvação.

A cabeça dói-lhe um pouco, da véspera ainda. Principalmente em torno dos olhos, um peso no fundo, aro invisível a comprimir órbitas doridas.

Marcela não aparece. Espera até as cinco horas, a hora fatal da mulher casada, "depois das cinco nada mais é possível".

No ar, isolado da terra, de si mesmo, espírito pairando sobre as águas, no gênese da dor. "Deus começou a fazer o mundo quando perdeu algo equivalente a Marcela, pairou sobre as águas e fez o mundo para se vingar ou fazer qualquer coisa de prático, eu também sou assim, gosto de trabalhar com as mãos quando estou corneado ou suspeito disso, naquele dia em que Irene ameaçou acabar com tudo eu me meti a consertar torneiras lá de casa e foi o diabo. Quando perco alguma coisa — grandes perdas, grandes perdas! — sinto-me num avião sem tripulantes, sem ninguém que o saiba guiar, à espera da primeira montanha — ou da última — para o fim."

São duas horas, ou mais, de pânico interior. Marcela, Marcela, Marcela. Vácuo em torno. Robinson na ilha deserta, Robinson cego, sentindo apenas a ilha, a consciência da ilha: um passo em falso e o abismo tragaria tudo. Ou o antes-da-montanha, o avião cego, isolado, rumando para o choque com tranqüilidade, indefeso e belo. Cada vez que respira pode ser a última, sorve o ar, faminto, quer morrer cheio de vento: quando a montanha o estraçalhar o ar sairá de seu corpo como o gás de um balão.

Pior quando se descobre sentado na mesa de trabalho. Onde se metera? Quem o guiara através da treva? Pensa num monstro invisível que o transportasse em meio à escuridão — dava para se explicar, não para o salvar.

Logo Marcela telefona. Não houvera nada, não haviam combinado encontro algum, ela não podia adivinhar, na véspera o avisara que iria com o marido a um coquetel na Hípica — só se lembra disso agora, a voz de Marcela penetrando-o, como a luz de um farol, puxando-o para a terra.

Que é que fora fazer no apartamento então? Por que a espera idiota? Onde andara sua cabeça? Em que dimensão vivera? Lembra a dor da véspera, o monstro andando pelas ruas, pisando sapatos alheios. Pisara em si mesmo agora, sentia-se esmagado.

Marcela falando, a voz é de um fantasma bom, que o freqüenta sempre. Reencontra a cabeça, ajusta-a no devido lugar — ajeita o nó da gravata para ter pretexto de sentir o pescoço, a cabeça por cima.

As orelhas suadas. Aperta o fone contra a cabeça, importante senti-la ali, medo que saia voando outra vez. Marcela fala, "comprei um livro para você, vi uns discos para nosso apartamento". Cláudio observa os outros, peças inteiriças, fabricadas em série, como os cigarros e os sabonetes. O Pereira raspara a cabeça, tem ares de sentenciado, cabeça sólida aquela, nunca andou voando. O Armando, a gravata-borboleta cor-de-sangue no pescoço – um ponto de sangue isolando a cabeça do rosto.

— Já passou?

— O quê?

— O pânico...

— Daqui a pouco volta.

— Zangado comigo?

— O quê?

— Posso pedir uma coisa?

— Pode.

— Um beijo.

— Não.

— Ué! Por quê?

— Sei lá onde tenho a cabeça!

Marcela ri, distraída, o sofrimento dele servia para isso, distrair os outros. "Vontade de sair de mim e espiar como sou sofrendo. E rir, também, se puder."

Desligam. A orelha vermelha, Cláudio vai olhá-la no espelho. Lá está, a rodela marcando o disco arroxeado. A voz de Marcela penetrara por ali, cabeça reencontrada, aquário com água renovada, cabeça satisfeita, como se tivesse feito uma boa ação.

Tudo nos lugares: orelha, cabeça, pescoço. Van Gogh. Não há navalha perto e mesmo que houvesse Cláudio não cortaria a orelha. Que que não diria o marido de Marcela vendo sua orelha embrulhada num *Jornal do Brasil*?

Pela cidade outra vez, olhos bem abertos agora, vontade de gritar:

— Encontrei, encontrei minha cabeça!

A luz dos néons não dói: mancha a noite, tintas esparramadas na palheta escura. Não mais o penetra, como punhal.

Dois conhecidos passam. Foge deles, podem perguntar o que havia de novo, ele seria honesto, diria: a minha cabeça, eles olhariam, examinariam bem, achariam parecida com a antiga, não entenderiam nada.

Passa pelo Teatro, luz no gabinete do Murilo, tem dois assuntos a tratar com ele, mas não desperdiçaria aquela carícia nova, o orgasmo demorado dentro da cabeça — sente-se um pouco obsceno sentindo prazer em ter uma cabeça por cima do pescoço.

Antes do telefone, a cidade era um túnel, labirinto cinzento, "são piores os labirintos cinzentos, os totalmente negros não dão para se sentir nada, a gente espera sair deles de repente, pode-se encontrar a luz na próxima curva ou na seguinte, tiram a percepção da perda, a lucidez do labirinto".

Dentro do labirinto espesso, mortos estranhos, andando compenetrados, como nos pesadelos. Todos parecem embrulhos, sem contatos, estanques, impessoais como árvores – floresta caminhando, em silêncio, procurando condução para casa.

Cláudio anda também. Esperando a qualquer momento a montanha — seu labirinto terminaria na montanha — é uma certeza interior que incha dentro dele — e vinha o último impacto ou a primeira luz.

Marcela ao seu lado, trazia-a consigo, numa consistência viscosa: o labirinto, a cidade, tudo é Marcela. Os outros entram pela carne dela, ela recebe a humanidade imensa, a floresta inteira, abrigando-a como numa gruta, só ele fica de fora, testemunhal: o dano, pior que a morte.

Isso no antes-montanha. Agora os transeuntes são homens normais, rotulados, cheios de adjetivos, vidrinhos de farmácia homeopática, corretores, advogados, comerciários, homens vestidos e abotoados, sapatos engraxados, mulheres gordas levando embrulhos. Na Galeria Cruzeiro um carteiro comendo pastéis embanharados.

Antes, nada disso, os homens eram nus, sem sexo, sem história. Só agora, após o seu reencontro com a cabeça, arrastavam as latas todas, comiam pastéis com dentes sólidos, fincados em gengivas vivas.

Não mais a dimensão da angústia. Telefone, orelha arroxeada, voz de Marcela passando pelo fio — tudo verdade, tão sólida quanto o pastel embanharado. O avião retomara seus contatos, voz de Marcela funcionou certo, avião XYZ, aqui fala Marcela, aqui fala Marcela, altitude tanto, longitude tanto, vento contrário — "sempre contrário" — ponto tracinho ponto, ponto tracinho ponto, a montanha ficava lá embaixo, vencida. "Não gosto desta perspectiva, montanha é para se ver acima das coisas do mundo, nada melhor que duvidar do horizonte: aquilo lá longe é uma montanha ou uma nuvem?"

Ponto tracinho ponto. Acabava a pane, motores certinhos, retificados. Cláudio toma o Studebaker e volta para casa, o cais o esperando, "vou sempre de carro para o cais, não preciso de navios para me amarrar a um".

Pela Avenida Brasil, os postes de luz, um após outro, ponto tracinho ponto. Rota segura. Na ponte do Fundão, mar calmo, pescam siri lá para as bandas de Tubiacanga, lanternas de querosene tremem contra a noite, mansas. "Se eu tivesse um barco partiria agora" — era um verso que volta e meia lhe vinha à cabeça, quando via o mar. Pois tinha barco, carro, avião, tinha tudo para ser seguro, "oito mil anos de experiência humana me transmitiram códigos e antiderrapantes, sim, sou seguro", ponto tracinho ponto, a segurança o esmagava. Um escravo, a liberdade lá em cima, no meio das nuvens, errante, sem contato.

No Galeão, um avião levanta vôo, a massa cinzenta e irada passa por cima de sua cabeça, o bojo da noite o espera, tragando-o. Aquele avião não tinha Marcela, nem cais, nem ponto tracinho ponto. Cláudio deseja que o avião estoure ali mesmo, veria o clarão, a explosão na treva, talvez ouvisse gritos. Amanhã diria aos jornais: — "sim, vi o avião explodir em pleno ar, foi um espetáculo grotesco, estou vingado."

Goiabada tem cara de goiabada mesmo. Vem todos os dias, fica na praia olhando as mulheres tomar banho. Silencioso, nunca se lhe ouve a voz, nunca ninguém ouviu Goiabada falar alguma coisa. Chapéu de palha enterrado na testa, apenas olha e ri quando tenciona cumprimentar alguém.

O pessoal das peladas chama Goiabada quando há vaga nos times. Goiabada é ruim, levanta a perna e a bola passa por baixo, mas é dócil, só ele aceita ir para o gol na hora dos pênaltis para levar com petardos pela cara, com Goiabada no gol — é regra tácita entre todos — vale encher o pé. Quando a bola cai nas casas muradas, ele é quem pula o muro e vai enfrentar os cachorros. Todas as missões de sacrifício são dele.

Pelo carnaval aparece com um lança-perfume apertado no bolso traseiro das calças. Segura a bisnaga de metal como se tivesse entre os dedos um pássaro frágil que pudesse fugir de suas mãos. No último dia descobre que não gastou nada ainda — e fica mais triste que alegre com essa descoberta. Gasta tudo então, matando formigas, escrevendo no chão uns nomes estranhos que nunca vê acabados, às últimas letras já as primeiras se evaporaram. Joga um pouco nele mesmo, disfarçadamente, e verifica se ficou cheiroso. Depois fica esperando outro carnaval para comprar outro lança-perfume.

Seu Amadeu — soube-se na Ilha inteira — deu uma corrida no Goiabada. Pegou-o, durante a noite, trepado na amendoeira em frente de sua casa. Do lado de fora, com uma vara de bambu, Goiabada cutucava as carambolas do quintal que amadureciam no pé, inúteis.

Esperou Goiabada descer para catar as carambolas do chão. Todos viram Goiabada, os beiços sangrando, lavando no mar o sangue derramado.

Cláudio espera Marcela, numa das esquinas do Largo da Carioca. Cansado do túnel-labirinto da véspera, aborrece-se, sente-se igual a todo mundo. Foi comer um pastel na Galeria, sem fome, sem vontade, só para sentir como é amargo ser como os outros.

Esperava Marcela mas quem aparece primeiro é Lília, a de olhos abertos e verdes:

— Que que houve, Lília?

— Nada.

Os olhos abrem-se mais ainda, tragando o mundo, o sol, as pessoas, engolindo sem digerir, devolvendo o mundo intato.

— Andou tomando alguma droga?

Faz que sim com a cabeça.

— Que que foi?

— Nada.

— Entorpecente?

— Uns comprimidos novos, para aliviar a tensão.

— Algum problema?

Outro sim, com a cabeça.

Lília não fala nunca, tudo tem de ser arrancado como nos catecismos: Deus existe? Sim, Deus existe; Deus é bom? Sim, Deus é bom; Deus é justo? Sim, Deus é justo.

— Afinal, que que houve?

— Foi domingo, dia do seu cais...

— Então... aconteceu aquilo?

— Parece.

— Tudo?

Deu de ombros, não o sabia:

— Sei lá. Não entendo disso, ignoro o meu corpo, nem sei bem como essas coisas acontecem. Mas acho que sim.

Coisa prevista, apenas Cláudio não tivera emoção ou vontade muito forte para dar o passo. Ignorava que ela tivesse algum caso, talvez um amante de circunstância, um defloramento circunstancial.

Já era mulher: animal rasgado, brinquedo de carne para alguns, túnel-labirinto para outros.

— Que que eu tenho a ver com isso?

— Nada, ué. Disse por dizer, afinal nós nos proibíramos isso uma porção de vezes.

— Continuo não tendo nada com isso.

Cláudio olha o ventre dela. Ventre com gosto de esperma para o resto da vida. Lília de olhos verdes, abertos, imensos, deflorados: lá dentro espanto; cá fora uma ameaça de lágrima.

— E agora?

— Que agora?

— O nosso agora.

— Não temos agora, Lília.

— Já sei, o cais, os barbantes, as latas... Você se repete muito, sabe?

— Tenho culpa?

Lília olha e espera, parece esperar sempre alguma coisa, a hora das coisas acontecerem, o sol, a chuva, o amor, a morte.

— Você não tem ensaio hoje?

— Está me mandando embora?

— Não. Mas a vida continua, isso não vai alterar nada. Você não pode ser minha mulher, nem minha amante, nem minha amiga. Não podemos ser nada um para o outro, escreva isso na testa.

Ela faz com o dedo o gesto de quem escreve qualquer coisa na testa. Cláudio sente vontade de acariciá-la em plena rua.

— O fato de possuir ou não o seu corpo, ou de outro, ou outros o possuírem, não altera nada, ouviu?

— Assim pensam os homens.

— Assim procedem as mulheres.

— E os ciganinhos?

Os ciganinhos eram filhos hipotéticos que Cláudio prometera fazer em Lília quando houvesse disposição e oportunidade. Compraria um carroção de cigano — Lília o chama de cigano — um violino, tocaria as danças de Brahms, as czardas de Monti, ela dançaria com um pandeiro cheio de fitas encarnadas e teriam muitos ciganinhos, uma porção. Plano feito em noite de calor. Cláudio bêbado, Lília de olhos verdes e nus — não o salvava mas o desculpava.

— Não há mais ciganinhos, Lília, não há mais ciganinhos. Se algum dia houver certas circunstâncias, então que os ciganinhos se danem se nascerem de nós.

— Fica tudo para as circunstâncias. Um amor de circunstâncias, foi o que você disse.

— Sim, cais basta um, portos de escala ou de reabastecimento, dois ou três chegam. O resto é saque, pirataria de alto bordo.

— Você teve um antepassado que foi pirata a soldo da rainha da Inglaterra, não?

— Já lhe contei isso ou foi você quem desconfiou do meu sangue mau?

— As duas coisas.

— Assim é melhor. Não gosto de dar nem de receber explicações. E a rigor, não há nada o que explicar.

— A explicação foi minha, eu prometera explicar...

— Mas o sangue não me pertenceu.

Lília olha duro. O verde dos olhos fica tão verde que escorre na gota de água verde:

— Depende. Nem só no início há sangue. Às vezes há sangue também no fim.

Marcela chega logo que Lília some no beco do Teatro.

Vem num costume azul-claro, as ancas apertadas, as pernas longas — os homens passam e deitam olhos pulhas em cima.

Um amor brutal. Ela foi disposta a achar defeitos em tudo, soltou porção de verdades que não doeu a Cláudio. Doeram as meias-verdades, ditas sem querer.

Brutal, também, caiu o temporal sobre a cidade, alagando tudo. Tinham de sair às quatro, justamente nessa hora a chuva caía com mais força, a água cantando nas calçadas, sensação de abandono, náufragos isolados.

Não choque com a montanha: a aterrissagem. Os picos da montanha, tão ásperos na véspera, transformavam-se em campo de macio pouso, seguro. Descida suave, aos poucos, total.

Preso à terra, acabava a aventura aérea. Podia jogar fora o tijolo de segurança. Cláudio pensa no avião da véspera, àquela hora estaria voando ainda? A boca de Marcela, sopro morno, selvagem na hora do prazer, depois cansado, intercalado, como o final de um choro. E o *chambley* pegajoso pelo suor de sua carne — possuída carne. As nuvens ficavam lá em cima, pesadas, inchadas.

O temporal causa estragos na cidade. O governador declara, pelo rádio da mesinha-de-cabeceira, que a chuva custará x milhões de cruzeiros aos cofres públicos. No morro de São Carlos, o barranco que tombou mata a velha que tomava conta de dois órfãos.

Sob a chuva que caía ainda, amortecida, quase não-chuva, Cláudio caminha cansado, em busca do carro — "sou um homem equilibrado, sou um homem equilibrado".

Quadrado de segurança funcionando direitinho, parando nos cruzamentos: amarelo atenção, verde siga. E ele seguia, verde que te quero verde, verdes astros.

Jornais abertos nas bancas. Encrencas na política, militares ameaçando quarteladas, cruzeiro baixando, dólar subindo, café com péssima cotação em Nova York. Um professor de violino suicidara-se com a aluna-amante, mocinha de 16 anos, caso escabroso, os pais da moça deram queixa da fuga, a polícia internou-a numa casa de repouso sob alegação de doença nervosa. O professor entrou na casa de saúde disfarçado em varredor, com baldes, panos, vassouras e uma lata de soda cáustica. Passou pelas barbas dos policiais, dos enfermeiros, do curador de menores. Amaramse mais uma vez lá dentro, beberam a soda cáustica depois. Na pressa de fotografarem os corpos, pegaram o braço do professor estrebuchando ainda. A menina morreu logo, morre-se depressa aos 16 anos, "aos sessenta a vida é um mau hábito que custa a ir embora". O braço que tocava Schumann — foi com Schumann que os dois fizeram conhecimento e amor — fez um último esforço. Em direção ao corpo da menina: a fotografia saiu tremida.

Tudo aquilo havia acontecido e Cláudio não sabia de nada. Compra o jornal para se inteirar, repentinamente reconciliado com o mundo. Dólar subindo, cruzeiro em preço vil, libra descendo por causa de uma ameaça de greve nos estaleiros de Sua Majestade. O mundo não estava arrumado feito farmácia de homeopatia.

Lá de cima, Cláudio julgara-o liso, tranqüilo, lama estagnada. Mas essa lama estagnada se mexia, ameaçava greves, tomava soda cáustica. Erro de perspectiva, sem dúvida. Ministro da Guerra insultando as Câmaras, café apodrecendo nos portos nacionais, Lília grávida, isso fugia à lei do lodo. "Ou seria a própria lei do lodo?" Agora, novamente escravo, olha os libertos como trânsfugas.

Vai cedo para casa. As meninas o recebem alegres, leva-lhes bombons em homenagem à sua libertação.

A mulher vai arrancar dente amanhã.

Dá-lhe a injeção de penicilina, tomando cuidado para que a picada não doa muito — ela tem pele sensível.

Vão dormir cedo, todos juntos, numa cama só, como as crianças gostam. Valéria custa a dormir. Já a mulher e Renata dormem e ela teima, olhinhos acesos no meio do escuro. Às vezes olha sério e o pai pensa que ela o está censurando.

Finalmente dormem.

Cláudio vai deitá-las no quarto das bonecas. Abençoa-as em nome do Deus de sua infância, um Deus esquisito que persiste ainda, fiel a ele mesmo, que serve para abençoar crianças que dormem, livrá-las das bruxas, dos ladrões da noite, dos homens complicados.

Deita-se então. A seu lado, a mulher dorme, o vinco na testa, preocupação pelo dente de amanhã. Cláudio não pode fazer nada por ela, tudo tem de ser feito sozinho, cada um se arranja como pode, como quando nasce ou se morre.

Vira-se para o outro lado. Faz um "Em nome do Padre" apressado, enfia a cara nos travesseiros. "Sou um ateu suficientemente puro para rezar ainda, a fim de ter sonhos bonitos."

Tartaruga une os dedos da mão, leva-os à boca e estala boca e dedos num gesto grotesco, com mau significado:

— Papou!

Seu Jair balança a cabeça.

— Não acredito, só vendo com meus olhos.

— Papou, está na cara, há muito que aquilo tinha de acabar assim, eu acompanho a coisa.

Seu Jair olha para o mar.

— Daqui a gente vê muita coisa, seu Jair. Não troco esta casinha à beira da praia nem pela casa do Paterone.

O contraste da casa do Tartaruga, ao lado da imensa mansão do velho Paterone, acentua a pobreza e o desleixo daquela frente de janelas castanhas, a caiação ralada, um pedaço de tijolo à mostra, ferida jamais cicatrizada. Naquela birosca Tartaruga mora há anos, apega-se a ela, de sua janela vê o mar, o amanhecer de cada dia, o sol incendiando a baía lá pela foz do rio Suruí. E a viração das tardes — Paterone há pouco esfolara o palacete de alto a baixo para botar ar refrigerado — Tartaruga jamais precisaria de ar refrigerado puxado por cavalos-vapor, tem a viração de todas as noites, grátis, no mais forte dos verões chega a puxar cobertas pelas madrugadas que trazem a aragem do mar largo, salgada, virgem.

E daquela janela vira o que nunca ninguém da Ilha esperava ver: a garota mais em evidência de toda a praia prevaricar no escuro. Seu Jair já combinara passar uma noite em claro com seu Amadeu para ver o ladrão. Tartaruga não tinha nada a ser roubado, a mulher um bofe, sem filhas, mas apesar disso ficava acordado por conta própria, velava durante as noites apenas para surpreender a neta do Paterone, seu mudar de roupa, há tempos a vira nua, cruzar um corredor da casa, naquele dia a Ilha inteira soube que a bunda da neta do Paterone não era tão rija quanto parecia na praia, apertada pelos maiôs de látex. E agora vira tudo, jura, estala os beiços:

— Vi. Era ela, ali no muro, já passava da meia-noite, todo mundo dormindo. Ela desceu, eu tinha tomado umas canas, estava sem sono, ouvi o barulho. O camarada veio da Rua Bojuru, ficou atrás da árvore, ela desceu, de *baby-doll*, ficaram lá atrás na bolinação, depois pularam para a areia. Não vi mais nada, mas pelo tempo que demoraram, deu para o serviço ser feito. Ela voltou sozinha, correndo, entrou para casa, o camarada então caiu na água, nadou até lá longe, saiu outra vez em frente à Rua Bojuru, subiu a rampa e entrou na rua.

— Impossível, seu Guilherme, impossível, eu e seu Amadeu ficamos acordados até às quatro e meia por causa do ladrão, não vimos ninguém, a última pessoa que passou pela rua foi o Cláudio, genro do Andrade, no Studebaker, pouco depois da meia-noite. Depois não passou mais ninguém, juro.

— Pois olhe, me pareceu ser gente de lá.

— Do Andrade?

— Ou do Andrade ou de outro qualquer morador da Bojuru.

— Seu Guilherme, o senhor sonhou, precisa se abster das canas, a gente termina vendo coisas...

Tartaruga não se importa em ser tratado de bêbado.

— Seu Jair, posso beber esse mar inteiro de cachaça, fico ruim das pernas, isso fico, uma tremedeira que não posso ficar em pé, mas da cabeça não. O que vi, está visto.

Seu Jair admite. Afinal, quem não esperava mais dia menos dia por aquilo? A neta do Paterone vivia na boca e no desejo de todos. Para fazer páreo com ela, só mesmo a filha mais moça do Andrade, mesmo assim perdia. Seu Jair certa vez fora consertar a válvula da privada na casa do Paterone, passou por um quarto, viu a guria ajeitando a blusa dentro do *short* que estava arriado. Viu as duas ancas inchadas, adolescentes, o redondo do ventre virgem, leite intocado antes da fervura. Impossível que a rapaziada não desse em cima para valer. E ali estava.

Tartaruga vê seu Jair desaparecer na curva da praça, em busca dos jornais da manhã. Estava feito. Lá pelo meio-dia a Ilha toda saberia, seu Jair é eficaz no jornal-falado, Tartaruga não precisa repetir a história para mais ninguém, o outro se encarregaria de aumentá-la por conta própria, isso não importa, quanto pior falassem do Paterone melhor para ele Tartaruga. Não que deseje mal ao velho, ou lhe inveje a fortuna, isso nunca. Tartaruga é pobre e ama ser pobre, evangelicamente. Não suporta é o nariz empinado, a arrogância daqueles ricaços todos.

Dez anos de vizinhança, vizinhança cotidiana, a praia comum servindo de centro de interesse e recreio para pobres e ricos e aquela gente nunca lhe dirigira a palavra, todas as tardes Tartaruga monta a mesa que roubara de um caminhão da Brahma, bota dois bancos ao lado, fica até tarde bebendo cerveja ou cachaça, os Paterones velhos e moços passam-lhe pelas barbas e nunca lhe dão bom-dia, nem um aceno de cabeça, só aquele olhar duro para a frente, como se sentissem mau cheiro.

Da garota até que não tinha raiva. Não se excetuava dos demais, baixava a cara quando cruzava com ele, ignorava a pança do Tartaruga, seu olhar pedindo um sorriso. Mas era muito gostosa, uma festa para os olhos de Tartaruga habituados às pelancas da própria esposa — constrange-se ao ter de admitir para si mesmo que ficaria triste no dia em que a garota se fosse, como às vezes ameaçavam mandá-la embora, estudar nos Estados Unidos, Tartaruga se afligia, desejava uma guerra atômica que acabasse com todos os antros onde se estudasse lá nos Estados Unidos, só para não perder o recheio de carne adolescente que cruza a rua saltando nos pés para evitar o calor do asfalto, ou aquelas pernas salgadas pelo mar, gotejante, que vêm quase em sua direção, não haveria fortuna do mundo que retirasse Tartaruga da mesa da Brahma aos verões, só para ver, duas, três ou dez vezes ao dia o mesmo espetáculo, nunca igual, a garota mudava o maiô, ou o *short*, o rabo-de-cavalo, as tranças, o coque — Tartaruga não precisa sonhar para ser feliz.

E mal seu Jair some na curva da praça, seu Amadeu aparece, vermelho de sol e de indignação. Tartaruga pensa em abrir exceção e contar para seu Amadeu o caso da neta do Paterone. Mas não pode. Seu Amadeu vem resfolegando, teve discussão com seu Morais, quase brigaram, seu Morais chamou-o de maníaco, a história do ladrão era passatempo de quem não tinha nada o que fazer. Seu Amadeu nunca trabalhara na vida, vivera sempre das rendas da velha, seu Jair era aposentado do Arsenal de Marinha, natural que dois desocupados se dessem ao trabalho de dormir durante o dia e gastassem as noites embaixo das árvores, espiando os escuros. Qualquer pessoa que passasse seria suspeita, seu Morais perguntara: quem tinha sido roubado até agora? Ninguém. Logo, não havia ladrão nem nada, mesmo que alguém, por brincadeira, promessa de macumba ou desfastio escolhesse as horas da noite para passear, nada havia contra isso, todo mundo tinha o direito de andar pela rua a qualquer hora.

— Mas subiu nas árvores, pulou o muro do Andrade, provavelmente já pulou o seu muro, na parte que faz limite com a do Andrade.

— E o que me roubou? Nada!

— Quem sabe?

— Ora, roubar podia roubar mangas verdes que começam a dar, ou algumas mudas de plantas. É a única coisa que pode ser roubada em meu quintal.

— É, mas eu tenho muita coisa além das frutas, aquela oficina que penhorei e fiquei com ela, são mais de cem contos em peças e ferramentas, está tudo no alpendre dos fundos do meu quintal...

Verdade. Um dos inquilinos da velha passara ano e meio sem pagar, seu Amadeu executou, o camarada fugiu, a justiça tomou-lhe as ferramentas, alguns pneus velhos, um radiador e outras peças sem importância, pagas as custas, só sobrou aquilo mesmo, seu Amadeu deixou tudo no alpendre, sob a tabuleta azul com letra branca: VENDE-SE.

Seu Morais recusara-se a cooperar na vigilância noturna. E além de negar participação ao movimento, resolvera esculhambar com os outros, os que se preocupavam e velavam, noites e noites, para a tranqüilidade geral. Seu Amadeu ofega, apesar de Tartaruga já ter ido lá dentro em busca de dois copos e de uma aguardente de Recife que recebera do cunhado, caixeiro-viajante.

— O negócio anda sério assim?

— Sério uma ova! Ninguém quer cooperar, são uns imprestáveis. É sempre assim, depois da porta arrombada é que botam trancas. Olha o Andrade, já falamos, eu e seu Jair, uma porção de vezes com ele, para tomar cuidado, ao menos botar um cachorro no quintal, aquilo é um perigo, muita mulher em casa, e muito o que roubar também, o ladrão já lhe pulou o muro umas três vezes, na noite em que saí correndo atrás dele, foi lá que se escondeu, pelo quintal. Depois pulou para o lado de Chapot-Prevost, vi quando o cachorrão do Mário latiu. Mas o Andrade não quer nada, ninguém lá quer nada, tem os dois filhos, o genro, o futuro genro, podiam ajudar... Só seu Jair me ajuda!

Tartaruga bate no ombro de seu Amadeu:

— Podem contar comigo. Fico mesmo pela praia, vou dormir tarde, posso vigiar o trecho...

— Já ia mesmo falar com você, Guilherme — seu Amadeu fez uma pausa para lembrar o nome verdadeiro do vizinho, não queria chamá-lo pelo apelido — bem que podia dar uma mãozinha, é só olhar aquele final da Rua Chapot-Prevost, a confluência com a Rua Bojuru. Sem precisar sair de casa você pode tomar conta da maior área. Bem, o ladrão não costuma vir por aqui, aparece das bandas da Paranapuã, lá por cima, desce a Chapot-Prevost ou a Bojuru, desaparece ou pela Guiricema ou pela pedreira do velho Paterone. Em todo o caso, sempre passa por aqui ou ali...

Com o dedo aponta o roteiro, Tartaruga enche outra vez o cálice, a aguardente azula o vidro.

— Pode deixar, já dei serviço até no Catete, no tempo do Washington Luís, pouco antes da revolução, fui sentinela do Palácio, sei como se vigia um setor...

— Isso, Guilherme, a união faz a força... À nossa!

Seu Amadeu ia bater o cálice no copo do Tartaruga mas pára no meio do gesto. Da casa ao lado, estreando uma saída-de-praia nova, as polpas de fora, a neta do Paterone desce as escadas, apetitosa, fresca.

— Olha o que estou vendo!

Tartaruga gira o enorme pescoço.

— Tá visto! Seu Amadeu, se o senhor soubesse como aquilo é bom!

— Então eu não sei?! Aquilo está em ponto de pica.

— Já passou do ponto!

— Não me diga!

Curva a cabeça, o bafo de cachaça do Tartaruga bate-lhe no ouvido.

— Isso foi gente do Andrade.

— Não posso dizer nada, sou amigo da verdade, não vi quem foi. Poder, pode, mas jurar não juro.

— Foi gente de lá, Guilherme, aquela gente papa tudo, até cabrita.

— Sou amigo do pessoal de lá, seu Amadeu. A rapaziada é boa, me convida para peladas, nunca me desfeitearam...

— Mas fazem o serviço quando podem...

— É da natureza.

— São uns sacanas.

— Não exagera, seu Amadeu, também a garota abriu as pernas.

— Aquela gente toda já está comprometida, casada, noiva, que que tinha que seduzir a garota?

— E a garota por que anda com esses *shorts* com as polpas de fora? Olha que se ela desse bola até aqui o papai entrava!

— Essa Ilha é uma perdição, Guilherme, uma perdição. Até gente nua já pulou minha janela atrás de mulher. E olhe, tenho uma suspeita, sabe, a menina Tereza era como se fosse minha filha, não tenho mais queixa, ela casou, espera o terceiro filho já, vive feliz. Mas aquela noite, o tal demônio-nu, vi-lhe a bunda, estava escuro mas tenho uma suspeita aqui dentro... talvez seja bobagem minha, honestamente não quero acreditar que seja ele, mas volta e meia a suspeita retorna. É gente do Andrade.

— O demônio-nu era alguém do Andrade?

— Quem sabe?

Tartaruga, em sinal de respeito pelo drama alheio, encerra o assunto:

— À nossa.

Seu Amadeu abandona o cálice em cima do H da mesa da Brahma, sai andando, duro, como que levado pela raiva, ou pela dúvida, talvez apenas pela saudade.

A manhã vai pela metade. Na praia, pouca gente ainda, o verão apenas se aproxima. Do banco que o próprio sogro mandou construir para apreciar as chegadas de sua lancha, Cláudio toma conta das meninas que nadam, Renata de maiô estampado, Valéria de *short* mesmo, o busto nu, como um menino. A neta do Paterone brinca com as duas, joga Valéria para cima e deixa que afunde n'água.

A mulher vem pelas costas:

— Olha o que estão fazendo com Valéria!

— Ela gosta.

— Você não vai cair n'água?

— Não. Fica você com as garotas, vou para casa.

Cláudio sai, no mesmo lugar do banco senta a mulher. Renata vem correndo para ela:

— Mamãe, por que quando a senhora vem à praia o papai volta para casa?

— Ele tem de estudar.

Aproveitando estar sozinho, Cláudio bota alguns discos na vitrola, prepara uma dose de uísque, de início, dupla, mas ao botar gelo verifica que o copo cabe mais um pouco, enche-o então, até a borda.

Os discos vão caindo no automático: uma suíte de Khatchaturian, o Concerto nº 2 para piano de Saint-Saëns, um acordeonista com músicas francesas:

Longtemps, longtemps, longtemps,
après que les poètes ont disparues
leurs chansons courrent encore
dans la rue...

Tenta levantar para desligar a vitrola, é quando sente o apartamento rodar, as paredes desmancharem-se como folhas de papel molhadas. No torpor em que cai, a última coisa lúcida que percebe é o ronco do avião que baixa, procurando pista para descer no Galeão. O ronco do motor incomoda os ouvidos, embora a aeromoça tenha lhe dado o pacotinho de chicletes, o porta-caneta-tinteiro e o chumaço de algodão para os ouvidos. Mas antes mesmo de o avião decolar, antes de proteger os ouvidos que já doíam, apanhara o vidrinho no bolso, bem à mão. Haviam-lhe recomendado: tome dois. Tomou três, zeloso pelos seus quadrados.

Irene, a seu lado, Cláudio nem reparara nela, acha um exagero três comprimidos, quer saber o que é e para o que é.

— Para evitar o enjôo.

— O senhor é disso?

— Disso o quê?

— De enjôo?

— Sou.

— E precisa tantos?

— Mandaram-me tomar e eu tomei. Sou dócil diante daquilo que temo.

— E teme muita coisa?

— A tudo.

Nunca a tinha visto. Sabia que era bailarina, que viajariam juntos um mês inteiro, se soubesse de tudo teria tomado o vidro todo de dramamina, para evitar o enjôo, para evitar Irene.

Teve os dois. Era a primeira vez que viajava de avião, na altura de Vitória o aparelho jogou muito. Irene levou-lhe a dose do remédio escuro e amargo que aliviou um pouco.

— Eu também sou assim, ando sempre prevenida.

Contra ela, não havia remédio amargo ou doce que o livrasse. Uma tarde: Cláudio a vê com Valter. Os músculos da garganta retesam-se, vomita uma coisa invisível que só a ele mesmo enoja. E não vira nada, apenas o Valter falava com ela, um cumprimento de passagem quem sabe. Mas bastou para sofrer. "Um segundo dá para se marcar um encontro, metade de um segundo dá de sobra para se deixar de ser fiel a alguém. Judas levou menos tempo que isso para o beijo. A verdadeira traição é essa, a que dura o primeiro segundo. Depois já não é mais traição. Os traídos só contam no primeiro instante, depois não têm importância alguma, se é que tiveram antes."

Soube, por terceiros, foi apenas cumprimento, Valter viajaria para Buenos Aires. Mesmo assim, Cláudio julgara-se com direitos a se considerar traído, traído na traição — "a forma mais estúpida de traição é essa".

A dramamina não evita o enjôo. "Melhor que a dramamina é a própria dimensão do enjôo". De olhos abertos, a bebedeira cozida, a percepção voltando ao normal, Cláudio analisa o passado que o álcool, brutalmente, jogara-lhe em cima, intato, como vômito. Sente haver progredido na capacidade de sofrer. O ridículo de ontem é ridículo diante do de hoje. "Marcela onde estava, onde estava Marcela quando vomitei aquela coisa invisível por causa de Irene?"

"Recuamos, recuamos..."

Renata veio da garagem com o pedaço de papel-fino na mão.

— Papai, faz balão?

— Não é tempo, menina! — a mulher dá o contra.

Ao ouvir a irmã, Valéria faz carga:

— Faz balão para mim!

Cláudio olha o céu. O pedaço de papel que Renata encontrara na garagem é resto do balão que fizera pelo São João do ano passado, o mesmo São João em que Lília ameaçara suicídio tomando comprimidos que a fizeram despertar no Pronto-Socorro.

— Vou comprar papel.

Faz dois, enormes. As garotas ajudam no que é possível. Cláudio, de joelhos, no cimento do quintal, passa largas pinceladas de cola nas dobras do papel-fino. À noite, os balões pendem do prego que sustenta a gaiola dos canários da mulher, como fantasia de palhaço abandonada no camarim.

— Solta hoje, papai!

— Onde já se viu soltar balão no fim do ano? — a mulher não entende a teima de Cláudio em satisfazer o pedido das garotas.

— Espera que eu vou fazer as buchas.

"Não vou olhar o calendário para ver se pedem alegria ou tristeza. As mãos estão bem lambuzadas, queria agora acariciar Marcela com essas mãos sujas de breu e querosene. Tenho que soltá-los hoje, é inadiável que os solte hoje."

Cláudio sabe que não solta balões nem para atender ao pedido das filhas, nem para contrariar a mulher nem muito menos para fazer algo de prático por causa da chateação que Marcela lhe dera na véspera. Solta balão de vez em quando, homenagem a um garoto que viu um dia seu primeiro balão, roxo e branco, ser tascado por marmanjos escuros, de varapau à mão. Não se matou então porque julgara coisa muito complicada o acabar com a vida. De qualquer forma, morreu um pouco naquele dia. Os marmanjos e seus varapaus o tascaram também — embora deixassem um trapo inteiro demais que até agora persiste. As ventanias dispersaram os pedaços — Cláudio não esquece o pedaço grande que brincou ao vento e que foi o último a cair à sanha dos marmanjos.

Volta e meia sonha com o balão e sua alma de nada, errando em silêncio sobre pântanos enluarados. Jamais remendou os trapos que sobraram. Fez muitos balões depois, mas nunca um roxo e branco. Não consegue ser fiel a um Deus, a uma mulher, a um sentimento. Fiel só mesmo àquele balão que nunca mais esqueceu, que nunca mais o libertou de seu legado de tristeza, mansidão e fragilidade.

Cláudio acorda e olha a janela. Chuva oblíqua caindo e embaçando a vidraça. "Os balões devem ter caído molhados, antes do fim da noite."

— Está chovendo desde a madrugada — a mulher se aproxima.

Nove horas da manhã, Renata já tomou café, vem beijar o pai, a cara fresca, cheirando a sabonete.

— Vai se aprontar para a escola! — Cláudio percebe a mulher interessada em falar alguma coisa importante.

— Até logo, papai!

Renata desce, os sapatos cantando nos degraus de mármore.

— Que que houve?

— Você ouviu a correria?

— Que correria?

— Deu ladrão na rua outra vez.

— Outra vez?

— Você anda no mundo da lua, não sabe que anda um ladrão por aqui?

— Já ouvi falar. Roubou alguma coisa?

— Esse ladrão não rouba.

— Então não é ladrão.

— O pessoal chama de ladrão, mas não é bem isso. Lembra da história da Tereza do seu Amadeu?

— O demônio-nu?

— Sim.

— É ele outra vez?

— Ninguém sabe. Vai lá embaixo, o pessoal está reunido.

Nova aparição do ladrão. Rondou a Rua Bojuru, a Chapot-Prevost e a praia, olhou as casas, avaliou posições e muros, tentou subir no poste em frente à boate.

Seu Jair mostra o poste:

— É aquele ali!

Poste mais ou menos afastado, junto apenas da boate, onde não há nada o que roubar, só mesas e cadeiras. Para que o ladrão subira no poste? Para espiar alguma coisa, conseguir ângulo donde pudesse planejar assalto futuro?

Também não. Seu Jair sobe lá em cima, roda de um lado para outro, espalma a mão sobre os olhos, não encontra nada o que estudar lá em cima, exceto o quintal de seu Amadeu ou os fundos do quintal do Andrade. Bem verdade que seu Jair não é um ladrão.

Seu Amadeu acalmando as aflições:

— Calma, calma, isso não é ladrão, é um maluco!

Pior. Ladrão é específico — pensam apavorados — tem regras, meios e fins: a gente acorda e vê o ladrão dentro de casa, se não há valentias pode-se negociar a tranqüilidade, leve isso, leve aquilo, agora nos deixe em paz. Já o maluco é ladrão universal, ladrão de todas as coisas e pessoas, sem regras estabelecidas, ao sabor da fantasia, podem querer vidas, sangue para beber, ou palitos usados. Ladrão não passa de um pobre-diabo, talvez premido pela fome — coisa que não favorece a imaginação. Maluco é levado pelo sonho, espécie de poeta físico, pode querer absurdos. Ladrão é limitado, tem princípio e fim. Maluco é mistério, é infinito — pensam.

A suspeita de um maluco amplia o medo geral. Muita gente reunida em torno da boate, o pessoal do Andrade, seu Morais, pessoas até de outras ruas e preocupações. Seu Amadeu sente-se desastrado, tentando cooperar com a paz geral acabara piorando. Com voz superior, como quem entende as coisas da vida, abre os braços:

— Isso não é nada. É algum bêbado!

Cláudio ouve os comentários. Há uma coisa-sem-nome andando pelas ruas. O sogro parece interessado na história, seu Jair e seu Amadeu exultam com o poderoso aliado que pretendem obter.

— Vamos apurar isso direitinho — a voz do Andrade é ouvida.

Cláudio vai embora, antes que o sogro o aborde para cobrar algum compromisso. Nada a ver com o ladrão dos outros, tem de se arrumar, apanhar o Studebaker que ficara no posto para lavar. Dia morto pela frente. "Talvez à tarde fique livre. Procurarei Marcela quando chegar na cidade."

Marcela fica alegre, ou parece ficar. Pergunta se Cláudio tem algum compromisso.

— Não.

— Então vamos ao cinema?

— Onde?

— Aqui pertinho.

— Vamos.

Combinam encontro para as três horas, na porta do cinema. Já diversas vezes haviam feito aquilo: ela ficava de um lado, ele de outro, passavam duas horas unidos pelo filme e pelo teto comum, problema de amar mulher casada.

Chega pontualmente. Marcela se atrasa um pouco, na certa por causa de Elisa, as duas andam sempre juntas, uma não sai sem a outra, "as adúlteras nunca andam sozinhas".

Apesar disso, Marcela chega sozinha. Fica a uns metros de Cláudio, esperando alguém para entrar, Elisa provavelmente. Súbito, vai a seu encontro. Cláudio se apavora, Marcela nunca faria aquilo, ali perto de sua casa. Mas ela passa por ele, anda mais uns passos, até o senhor grisalho e bem-vestido que parece esperar alguém. Passa tão alheia e próxima de Cláudio que merecia um prêmio sua dissimulação.

Não ouve a voz de Marcela, ela toma cautelas para que não seja ouvida. Mas o homem fala em voz alta, desinibido:

— Deixei o carro ali — e aponta um Buick verde, pavoroso, embora mais recente que o Studebaker.

— Tudo bem? Quando será possível?

— ....

— ....

— Então não é possível? Que pena! Fica para outra vez.

Fica para outra vez. Cláudio sente-se gosmento, sujo, como se um vaso de coisas podres tivesse sido atirado contra ele. Melado da cabeça aos pés, verde por fora, sangrando por dentro.

Que seria aquilo? Impossível que Marcela o traísse tão na cara, ao alcance de seu punhal — não tinha punhal algum, apenas a vontade de gritar: um punhal! um punhal!

Elisa chega logo depois. Dão-se o braço e nem olham para Cláudio. Nervosas as duas, parecem ter feito algo errado, ou iriam fazer ainda? O homem grisalho vai para o carro, espera mais um pouco, só vai embora quando vê as duas entrarem no salão escuro. O Buick some em direção da cidade.

"O carro dele está rateando!"

Na semana passada, Cláudio levara Marcela de carro até o ponto do ônibus, eles se haviam atrasado no apartamento. Ela perguntou, quando o Studebaker custou a pegar:

— Seu carro está rateando?

Entra no cinema. Lá dentro perde-se das duas, mas o filme terminava, logo as luzes se acenderiam para nova sessão. Está bem distanciado, vai mais para a frente, não pode sentar imediatamente atrás de Marcela porque há duas senhoras que chupam balas com ruídos desagradáveis.

Só então Marcela olha para ele, rapidamente. Cláudio não lhe retribui o olhar, para se fazer de ofendido, e sente-se realmente ofendido.

Aos poucos engole a afronta. O organismo assimila a coisa, procura explicar o encontro esquisito da porta. Quando compõe um enredo satisfatório, descobre algo pior: junto de Elisa, na cadeira ao lado, um senhor coincidentemente também grisalho, de terno azul-marinho, bem mais moço porém que o outro da porta.

O cinema praticamente vazio, lugares sobrando, os três ficaram de lado, espremidos em três cadeiras corridas — Cláudio acha suspeito o homem ali. Finge não conhecer nem Elisa nem Marcela, olha reto para a frente, mas a boca fala, baixinho — Cláudio percebe bem. Num passe de mágica, Elisa aparece com fotografias, examina-as interessada, depois passa-as para Marcela. Ambas riem agora, abaixam a cara para melhor conter o riso. As fotografias somem, o homem faz um gesto grotesco, como se coçasse as ilhargas — guarda as fotografias.

As luzes se apagam. O homem comete a primeira distração: olha de lado e fala para Elisa, quase no ouvido. Ou teria falado para Marcela por trás de Elisa? As duas riem novamente, engraçado o homem de azul-marinho.

Primeira idéia que acode a Cláudio: as fotografias são de um passeio, um piquenique, uma ida ao Alto da Boa Vista. Depois outra idéia: são das duas as fotos, de Elisa e Marcela, ou apenas de uma delas? E estavam nuas, não é palpite, certeza no fundo do peito de Cláudio: nuas, nuinhas, bancavam as artistas em *strip-tease* —

as porcas burguesas, com maridos honestos, com amantes também honestos, e iam para os matos da Tijuca, posavam nuas depois ou antes da trepação — ou durante? — e figurariam na coleção de homens sem escrúpulos que as mostrariam aos colegas de trabalho, às outras amantes. Os fotógrafos, ao revelarem os filmes, ficariam com os negativos por conta própria e venderiam cópias a 500 cruzeiros, adolescentes se masturbariam diante dos pentelhos de Marcela, das coxas gorduchas de Elisa — oh, era porco, era ignóbil!

A exaltação foi passando. Procura raciocinar: nuas ou não, delas ou de outras, as fotografias são passado. No momento, crime é o senhor ao lado, aquilo fora combinado há muito, tais encontros deviam ser freqüentes, quando telefonou, fora de hábito, de surpresa, já Marcela tinha aquele outro encontro. E quem protegia quem? Marcela acobertava Elisa em paga das vezes em que ela os acobertara? Ou Elisa mais uma vez acobertava Marcela, desta vez contra ele? E por que Marcela o convidara? Que diabo, estava quieto, telefonara porque se sentira repentinamente livre, ela podia ter dito que ia às compras, à manicura, a uma reunião de mães de alunos, podia mesmo ter dito que ia ao cinema com Elisa e pronto, ele engoliria tudo, fruiria seus chifres com dignidade e paz, sem angústia.

Mas o convidara. Chegara a insistir, a fazer aquela voz do apartamento, quando pedia mais uma vez, mais uma vez — e o deixava extenuado, sugado, como bagaço.

Como explicar? Se estivesse num palco a solução do punhal valia, um punhal! um punhal! — as velhas que chupavam balas a seu lado desmaiariam, seria um escândalo dos diabos e ele se sentiria vingado, quem sabe, redimido?

Marcela já lhe falara num senhor, comerciante da Praça Saenz Peña, que rondava Elisa com justas intenções. A acreditar em

Marcela, o caso andava nos exórdios, não justificava tanta intimidade, principalmente aquela intimidade oculta, a que têm os amantes diante dos maridos. O homem fingir para ele! Equivalia a uma intimidade de espermas já, exatamente como a sua. O que mais doía era isso: exatamente como a sua.

Supera o dilema do punhal. Reduz a dimensão do drama, o tempo batendo-lhe na cara faz engolir os chifres, passasse ali um século, ao lado dos três, e juntava-se, repartia a farra, querendo ver as fotografias também, e rindo, alvar. Não, não clamaria pelo punhal, que fosse previdente, da próxima vez se prevenisse contra as infiéis.

"Saio ou não saio?"

Não é a questão nem o enigma: a dor apenas no fundo do peito. Se saísse, Marcela teria seu desprezo jogado na cara. Mas seria dar parte de fraco. Ficar, seria o contrário, bancar o indiferente, sofrer a frio.

Entre ficar e sair, faz os dois. Levanta-se com espalhafato, as velhas que chupavam balas, Marcela e Elisa, até mesmo o homem de azul-marinho olham para trás. Tosse estrondosamente, sai arrastando os pés, fazendo um barulhão dos diabos.

Antes de sair do salão escuro percebe o ridículo da situação: pensa ainda em voltar atrás, pedir perdão em voz alta a todos. Mas já está no *hall*, não tem outro jeito senão sair de vez.

Arranjar pretexto que justifique sua presença no *hall*. Ajeita a gravata desnecessariamente diante do imenso espelho da portaria. Os porteiros o olham, intrigados, ninguém abandona o filme para ir ajeitar o laço da gravata na portaria. Vai ao mictório. Odioso ir sem vontade, mas vai. O senhor grosso respira forte, pernas bem abertas para não molhar as bainhas das calças, fazendo uma função difícil.

Abre as pernas também, diante do poço esmaltado de branco, as bolinhas de desinfetantes lá no fundo. Cospe para fazer algum barulho, mas o homem grosso não lhe dá importância, preocupado com a função que realiza.

Volta ao salão escuro, pisando devagarzinho, cheio de cautelas. Senta-se na primeira poltrona vazia que encontra, na última fila. As duas teriam de passar por ali, quando saíssem.

O filme continua. *Bela e Canalha* — o nome. O sujeito roubava valises numa estação de trem e a dona de grandes peitos beijava todo mundo por vinte liras para o *signor sindaco* fazer a escola. Chega a hora da decisão, o camarada das valises é preso por um carabineiro bigodudo, a dona cai na vida rasgada, Marcela e Elisa se levantam.

Podiam ir pelo outro lado, mas passam justamente pelo homem de azul-marinho. Apesar da distância e do escuro, Cláudio percebe que Marcela, ao passar, teve as pernas presas pelos joelhos do homem. Impressão ou pânico? Casual ou proposital? O espaço entre uma fila e outra é pequeno, sempre há isso, certa vez uma senhora enorme chegara a sentar-se entre os joelhos de Cláudio, o marido ia exigir satisfações.

Marcela é um corpo bem-feito, silhueta de manequim francês, nem o homem é grandalhão assim, de pernas enormes, Elisa, mais gorda que Marcela, passara sem dificuldades por ali, Marcela demorara, os joelhos imprensados.

Passam agora pela última fila de poltronas. Cláudio levanta-se subitamente. Colhe a primeira vitória, elas levam um susto dos diabos, a cara dele exige sangue.

Deixa que saiam. Na rua, acompanha-as sem cautelas, acintosamente, disposto a tudo. Elisa fica no ponto de ônibus. Ao despedirem-se, Cláudio ouve Elisa pedindo:

— Depois me telefone contando tudo...

"Elas sabem, vai haver o que contar!"

Cláudio cerra os dentes.

Marcela continua sozinha, mora perto. vai mesmo a pé. Percebe que é seguida, atravessa a rua e ganha a outra calçada, com menos gente.

Foi infame: aborda-a sem respeitar nada, as vizinhas, o local tão próximo à casa dela, conhecidos passando a toda hora.

— Gostou do filme? — é ela quem fala primeiro, após um olhar que o adverte do procedimento miserável em abordá-la assim.

— Não — responde secamente —, para ver uma bela e canalha não precisava ter entrado no cinema, tinha visto uma, na porta.

Ela o olha com raiva:

— Eu perdôo tudo aos bêbados!

— Devia perdoar é aos loucos. Reconheço, a frase foi imbecil, mas não estou bêbado, estou é louco...

— Também perdôo!

A raiva sobe cada vez mais, fora tocada em ponto sensível. Pára subitamente, disposta a enfrentar Cláudio.

— Afinal, para que o insulto?

— Insulto? Quem me tirou da tranqüilidade para me atirar às feras?

— Que feras? Que feras? Não seja trágico!

— Quem era aquele homem, aliás, aqueles homens?

— Que homens, meu Deus? Você vive vendo fantasmas!

— Primeiro, o do Buick verde, que está rateando...

Marcela engoliu em seco:

— Meu cunhado... meu concunhado para ser exata, marido de Laurinha, irmã do meu marido...

— E desde quando você marca encontros com o marido da irmã de seu marido?

— E se marcasse, que que tinha você com isso?

— Nada. Mas você podia me poupar o ridículo de esperar uma mulher que tem encontro com outro. Ou será que você se diverte exibindo seus homens uns aos outros de forma tão sacana?

— Fique sabendo, ele já deu em cima de mim, agora não dá mais.

— Desanimou? Ou teve o que queria e perdeu o interesse?

— Não ofende!

— Teve ou não teve?

— Não é da sua conta. Mas saiba: nunca tive nada com ele.

— Terá ainda?

— Vê se enxerga!

— De qualquer forma marcou encontro com ele!

— Não marquei nada, foi casualidade.

— E o do cinema?

— Ah! Teve outro também?

— O dos retratos...

Marcela fica séria.

— É. Com você a parada é dura. Onipresente, onisciente, sabe tudo, vê tudo, deduz tudo. Por que os homens são assim?

— As mulheres é que são assim.

— Acredite ou não — a voz fica mais calma — aquele camarada é o que dá em cima da Elisa, já lhe falei dele. Não tenho nada com a história.

— Ele lhe prendeu as pernas!

— Meu Deus, que horror!

— Você negará, faz parte do jogo, é a arte das infiéis, negar sempre, morrer negando se necessário for, até que se comece a duvidar da evidência, ou dos sentidos. Vou ser honesto: tive apenas a impressão.

— Pois ele me prendeu as pernas!

— Casualidade também?

— Não. De propósito!

Marcela feroz:

— Ele dá em cima de nós duas, Elisa tem fraco por ele e eu a ajudo no que posso, como ela me ajudou com você. O homem não tem culpa, o que cair na rede é peixe, qualquer das duas serve. Elisa quer cair na rede mas está fazendo o doce. Eu tenho de engolir certas coisas para ampará-la, não posso faltar, é uma espécie de... de, pode zombar, de dever mesmo, há dever até nisso. Sem ela não teríamos nossos primeiros encontros, como explicaria a meu marido minhas saídas se não fosse a companhia de Elisa? Até na mesma cama ela deitou com a gente, só para me dar cobertura. E você, quando nos conheceu juntas, jogou a rede também para apanhar qualquer uma, fui eu quem caiu mas podia ter sido ela, sabe que no início a parada seria somente com ela? eu não estava disposta? Pois apesar de tudo isso, ela nunca se recusou a me acobertar, e olha que aquela primeira vez, quando ela teve de ir ao mesmo apartamento, praticamente assistir ao nosso amor, deve ter sido duro para ela! É ou não é?

— Era — teve de admitir.

— É o diabo, Marcela, é o diabo...

— Que que é o diabo?

— Isso tudo: a dúvida, o ciúme, a raiva, a vontade de sumir, o ódio, o amor...

— E a inconveniência. Tenho a impressão de que todo mundo sabe agora que sou sua amante. Está escrito nas paredes, nos muros, nos ônibus, em todos os lugares.

— Ao menos se sinta marcada. Vou-me embora.

— Não. Já fez a besteira, agora fique.

— Para quê?

— Na hora de sua raiva você não olhou para o mas. Seja homem agora, fique até o fim, leve-me até em casa!

— Você enlouqueceu!

— Também tenho o direito, não?

— Não é bem loucura, é burrice!

— Leve-me até em casa, se não eu grito!

— Um desafio?

— Desafio, ameaça, qualquer troço. Quer ver?

— Não precisa. Eu levo, se quiser entro em sua casa, deito em sua cama, visto o pijama listrado de seu marido...

— Ele dorme de cuecas...

Vão emburrados, cabeças baixas, o ódio comum reconciliando-os um pouco. Chegam ao portão da casa de Marcela, casa metida a besta, ares serranos, um *flamboyant* florindo na frente, samambaias por todos os lados.

— É aqui?

Os fios telefônicos passam pelo *flamboyant*, vozes de homem entram por ali, a fortaleza branca com janelas gradeadas é impotente.

— Quer entrar?

— Não, disse aquilo brincando.

— Eu sabia, você não é homem para enfrentar certas coisas.

— Pode provocar. Não entro porque realmente não quero. Já desabafei. Além do mais, não teria assunto para manter com seu marido. Estou de veia murcha.

— Já tinha percebido...

Ela abre o portão, fecha-o com ar provocador:

— Muito murcho mesmo...

Vence pelo desafio, cartando alto, jogando tudo e acima de suas possibilidades, colocando em jogo seu lar, seus filhos. Mais forte que ele, ou mais leviana.

Cláudio volta ao cinema, telefona para ela:

— Sabe de uma coisa?

— Vai se matar?

— Ainda não. Daqui a uma hora vou aí!

— Vai beber para tomar coragem?

— Não, besteira eu sei fazer de cara enxuta.

Desliga.

"Isso! Ele me deu uma idéia-mãe!"

Pensa em Binho: quando tem algum problema em pendência, que exige rápida solução, crise mais ou menos desesperada — bebe até superar o bem e o mal. Binho andava em angústias assim, a pequena, esposa de um tipo da Marinha, desfez um compromisso com ele para levar o filho a uma festa de aniversário, desde cedo o guri se ameaçava abrir as veias se não fosse à festa, o jeito foi a mãe sacrificar o Binho. Mas Binho achou uma deslavada infidelidade, telefonou para exigir um tudo ou nada, um "ou eu ou o guri", mas a mulher já havia saído, telefonou outra vez, com voz de falsete pediu para chamar o Alfredinho, Alfredinho havia saído também, para uma festinha, Binho exigia traição naquela noite, sabe lá, o "outro" podia estar lá, o outro está em todas as partes, cheirava-lhe mal o açodamento da mulher em satisfazer a vontade do filho, há sempre macetes nessas festas entre famílias amigas.

Bebeu, bebeu além dos códigos, rumou depois para o Leblon, sabia onde, foi entrando pela casa adentro, era hora de soprar as velinhas do bolo, cantavam o "parabéns", todos batendo palmas, Binho bateu palmas, empurrado num dos cantos da mesa, passeou a cara cheia entre os convidados estranhos, havia um padre mocinho, Binho embirrou com o padre, podia ser ele, a dona-da-casa meteu-lhe na mão o prato com a fatia de bolo, Binho lambuzou os dedos na glacê gosmenta, até que a mulher finalmente apareceu com a bandeja de camarões espetados em palitos, deu de cara com Binho, os camarões foram para o chão, o padre ajudou a catar os palitinhos mas uma velha circulante farejou displicência criminosa naquilo, "essas moças de hoje só prestam para o que não presta", Binho ouviu a frase, imaginou que a velha soubesse os podres da amante e sofreu mais ainda.

Apesar de tudo, sempre deu o conselho: nada como um porre para apressar a definição, buscar uma solução.

Cláudio fora desafiado por Marcela. Só um rasgo de heroísmo o salvaria aos próprios olhos e aos olhos de Marcela. "Não posso partir para as cruzadas, defender o túmulo do meu Salvador, a época não é propícia a heróis bem-intencionados."

Uma hora após o último telefonema, com pontualidade de papa-defunto, bate à porta de Marcela. Confia no acaso, "na hora me vem uma inspiração".

Marcela veio atender. Esbugalha os olhos quando o vê em carne, osso e angústia...

— Vá embora, pelo amor de Deus!

A voz do marido vem lá de dentro:

— Quem é?

Marcela não tem outra saída:

— Que surpresa! Entre, por favor, como vai? Como vão as crianças?

Ele ia bem, as crianças, melhor. Marcela oferece-lhe a poltrona, da sala ouve o barulho do marido jantando na copa.

— Não quero incomodar.

Ela vai lá dentro:

— Imagina, o Dr. Cláudio!...

O marido dá um "viva!".

— "Não é caso de morte. Recebem-me com vivas!"

E logo o marido aparece, o guardanapo nas mãos, que jantasse também, só havia tomado a sopa. Cláudio agradece, já tinha jantado, aceitava o cafezinho, mais tarde.

Marcela andando de um lado para outro, muda a posição de um vaso, ajeita os panos de cima dos móveis, vira os cinzeiros, passa a mão pelos cabelos, tosse, ajeita a blusa dentro da saia, acende um cigarro e o joga fora à segunda tragada — tonta. Cláudio sente que havia ganho quando ela passa rente a ele, o marido de volta à copa:

— Você é louco!

Sente o lábio sem batom roçar pela sua boca.

— Que bons ventos o trazem?

Não era vento nenhum propriamente. Um vendaval. Mas como Cláudio explicaria seu vendaval àquele homem inocente, os ombros caídos, o nó da gravata afrouxado por causa de um cabelo encravado na barba? O homem era corretor de loteamento, vendia terrenos num desses lugares onde há sempre loteamentos, Sepetiba, Cabo Frio, praias distantes e desertas.

— Desejava comprar um terreno e me lembrei de vir procurá-lo.

O homem radiante:

— Entre amigos é assim mesmo, nada de formalidades, tenho justamente o que o senhor procura...

— O senhor me desculpe, mas vim receber uns aluguéis do meu sogro aqui perto, se deixo para procurá-lo na cidade termino me esquecendo, os compromissos...

— Deixa isso para lá, o prazer é meu, a casa é sua...

"A casa é minha". Cláudio olha para Marcela, triunfal. Ela se diverte agora, sabendo-se derrotada. É quando alguma coisa dentro de Cláudio o adverte para temer a mulher derrotada.

Marcela nunca foi tão carinhosa. Quando, esgazeada, procura a mão de Cláudio para romper na onda do orgasmo — ele lembra que na véspera, àquela mesma hora, ela ria de umas fotografias, e aqueles joelhos que tremiam fortes, apertando-o com força, haviam sido presos pelo homem de azul-marinho, no escuro de um cinema. Por causa disso a desejou mais uma vez.

Quase à noite, quando se preparavam para sair, lembram a compra do terreno:

— Isso foi vigarismo!

— A culpada foi você!

— Não interferi em nada, nem quero interferir. Você podia ter arranjado outra desculpa qualquer...

— Na hora o que me veio foi isso: vi o paletó do seu marido pendurado nas costas da poltrona, o escudinho da companhia de loteamento na lapela, foi o que me salvou...

— E qual vai ser a nova desculpa para não realizar o negócio?

— Pode ficar descansada, não farei seu marido de palhaço, vou comprar o terreno mesmo.

— É compensação?

— Não. Vou comprar porque quero. Você acha que um terreno compensa essas coisas?

— Não sei, só sei que já começo a lhe sair cara. Daqui a pouco sou quase uma esposa, não?

— Falta muito, felizmente.

— Por que felizmente?

— Por tudo. Quando me casei, durante a missa, o padre leu uma oração, recomendando que minha esposa seguisse os grandes modelos bíblicos, fosse diligente como Raquel, amante como Marta, dócil como Rebeca, fiel como Sara...

— E ela é isso tudo?

— Sei lá. Vai ver que me casei com uma sinagoga inteira. É capaz de me aparecer uma Judite ainda.

— Para quê?

— Para me cortar a cabeça, enquanto durmo.

Marcela enlaça-se à nuca de Cláudio, beijando-a de leve, com carinho:

— Bem que você merece!

O velho Andrade, acompanhado do filho mais moço, entra na casa especializada em armas e munições, na Rua da Assembléia. O rapaz terminara o serviço militar, entende um pouco do assunto, e desde que o pai resolvera desarquivar o velho Colt que há vinte anos não dera um tiro, ofereceu-se a orientá-lo na compra de uma nova arma.

Custara a se decidir. Repelira as inventivas de seu Amadeu e de seu Jair durante meses. Mas agora não pode negar a evidência, há algo de anormal pelas ruas, justamente o filho mais moço, certa noite em que acordara quando o cachorrão de seu Morais latiu mais forte, ouvira ruído de alguém correndo pelo quintal. Foi olhar, não viu nada, mas logo depois, pelo lado da Rua Bojuru, apareceu seu Amadeu, esbaforido:

— Ele passou por aqui!

— Quem?

— O ladrão. Vi quando saiu da Rua Guiricema, corri atrás, ele pulou o muro deste lado foi para a casa de seu Morais, depois passou por aqui, sumiu no seu quintal.

Pela primeira vez a história de seu Amadeu obtinha confirmação. O rapaz confirmou tudo, ouvira o cachorrão de seu Morais latir, passos pelo quintal, seu Amadeu não inventava nada, era tudo verdade.

O rapaz acendeu as luzes, acordou o pai, o velho Andrade logo apanhou o Colt, seu Amadeu botou em ridículo o Colt, mesmo assim examinaram o quintal palmo a palmo, as cercanias. O ladrão sumira pelo lado da Rua Chapot-Prevost, onde não havia ninguém para vigiar.

— Precisamos botar um homem aqui, ele sempre some pela Chapot-Prevost e usa seu quintal para isso. Sua casa é ponto de passagem obrigatória para ele. Se fortificarmos a vigilância aqui, o camarada está no papo.

Andrade rende-se aos fatos. Protelara o que pudera, mas não lhe é agradável saber que sua casa, seus domínios sofrem a invasão de um estranho, no escuro das noites abandonadas. Tem coisa de valor em casa, o assalto é tentador ali — e isso no caso de o ladrão ser apenas ladrão. Se fosse tarado em busca de aventura, tinha a mulher, quarentona ainda, as duas filhas, a casada com Cláudio, moça, bonita, praticamente sozinha a noite inteira, o genro só chega pela madrugada, e a outra, mais moça, broto igualmente em evidência, tão famosa na Ilha quanto a neta do Paterone. Há ainda a nora, bonita também, casada com o filho mais velho.

Tem o que temer. Impossível que seu Amadeu e seu Jair — dois desocupados notórios — levassem tão longe a fantasia. Há agora o testemunho do próprio filho, sujeito preocupado com outros assuntos, quase noivo, em vésperas de se formar, se ouviu ruídos pelo quintal a história de seu Amadeu fazia sentido — um sentido cruel.

— O homem prevenido vale por dois.

Marcam encontro, pai e filho testam armas, escolhem à vontade, Andrade tem fama de pródigo e o é realmente, desde que se meteria na história, levaria a coisa a sério, até às últimas conseqüências.

Trata-se de se prover, um revólver é pouco, encomenda um arsenal, duas espingardas novas, uma delas de dois canos, com luneta, um revólver Smith 45, que o rapaz usara igual no Exército e dizia ser o mais seguro. Mais dois *Taurus* pequenos, para porte comum. Munição à vontade, pode com ela ameaçar a estabilidade do regime, fazer uma revolução — é o que seu Jair adianta, quando vê o velho Andrade chegar em casa com aquela miniatura de artilharia.

— Sabe se Cláudio tem arma?

Andrade olha o filho e se espanta de não saber. Mora com o genro há oito anos, quase que sob o mesmo teto, e nunca soubera se o rapaz tinha arma ou não.

— Acho que não. É bom levar um *Taurus* para ele.

— Não sei, Cláudio é esquisito, não gosta da gente, não vai querer cooperar nem entrar nessa aventura...

— Mas o ladrão tanto pode entrar em nossa casa quanto no apartamento dele!...

Andrade concorda com o filho mas teme o genro, conhece suas esquisitices, levá-lo-ia ao ridículo, já não se dava bem com a família, não se meteria nisso de ladrão, zombaria de todos e Cláudio sabia ser cruel quando zombava de alguém ou de alguma coisa.

— É melhor mandar consultar primeiro, vou falar com ele.

— Compra logo, se ele não quiser, azar dele, o senhor faz mais que sua obrigação, oferece arma, se ele quiser se defender que se defenda, se quiser ajudar, que ajude.

— Bom, levo outro *Taurus*, mas fica comigo. Se ele se mostrar interessado, eu dou...

A conta é alta. Andrade tem um jeito de gemer quando puxa o talão de cheques. O vendedor faz alma grande:

— É a sua segurança. Sua tranqüilidade vale mais!

Cláudio não sabe de nada. Em todo o caso, é capaz de ficar satisfeito ao saber que outros se preocupam com a sua segurança. Não dá importância ao ladrão, mesmo que a casa do sogro seja invadida, roubado o faqueiro de prata portuguesa ou estuprada sua cunhada — dará de ombros. Mas no fundo, é bem capaz de ficar mais tranqüilo sabendo que outros dão importância ao ladrão.

O contínuo estende o número do telefone. Recado urgente, para ligar logo. Disca sem saber para onde.

— Hotel Inglês — atendem.

— Hotel Inglês? — Cláudio decifra a charada. — Lília, por favor.

Aconteceu alguma coisa, do contrário Lília nunca o incomodaria, estava sozinha, a mãe não pudera ficar o ano todo, o pai doente em Montevidéu, 19 anos e só, seus olhos verdes que sabiam ser nus, sua candura, lá fora a cidade estranha, chão estrangeiro.

— Lília?

— Sim.

— Que que houve?

— Muita coisa. Dê um pulo aqui.

Lília tomou, outra vez, dose exagerada de luminal. Passou dois dias dormindo, o pessoal do hotel arrombou a porta pensando ser caso de morte. Caso de vida, ainda.

Encontra-a abatida. Os olhos verdes como nunca, o luminal dera transparência àquele verde, as olheiras escuras tornam o verde irreal, se ela chorasse de repente, as lágrimas seriam verdes e Cláudio as guardaria num cofre.

O fio de voz daquele peito magro.

O quarto, desarrumado e sujo, toque de miséria em tudo. Por que Lília se agarra com tanta avidez ao corpo fininho, por que a fome, a progressiva miséria, a ruína, a amargura cotidiana? Lília pode ter tudo, ser dama do palco, estrelar uma grande companhia de balé, basta aceitar a proposta decidida e até certo ponto honesta do Barão. O Barão deseja Lília, empresaria um grupo misto de bailarinos brasileiros e alguns integrantes do extinto balé de Monte Carlo, Lília seria uma das estrelas da companhia, mesmo que o desejo do Barão demorasse apenas uma temporada era tempo bastante para ter oportunidades e ficar na Europa, com o nome lançado. Mas Lília prefere o luminal, a arrumadeira, tentando passar por fada, adiantou:

— Tomou oito comprimidos, doutor.

— Oito mesmo?

Lília faz que sim com a cabeça, depois dá de ombros:

— Não contei, tomei tudo que tinha no vidro, estava pela metade.

A arrumadeira vai embora. Cláudio fecha a porta. Sentam na cama, mas logo Lília deita-se ao comprido, encosta a cabeça em seu colo, pede-lhe que acaricie os cabelos:

— Afinal, Lília, o que você quis provar com isso?

Ela aponta o dedo magro para a parede:

— Está vendo aquela mancha na parede?

É a primeira vez que Cláudio entra no quarto de Lília. Olha na direção apontada, uma infiltração de água, a umidade deixara a marca disforme, parece o mapa da Europa, sem a Itália.

— Não parece a Europa?

— Falta só a Itália.

— Sempre falta alguma coisa.

Lília fecha os olhos, um cadaverzinho que apenas respira, Cláudio sente-a frágil sobre seus joelhos.

— Quando fico muito triste gosto de imaginar coisas. Sabe que foi aqui?

— O quê?

— O meu quase...

— Foi mesmo *quase*? Tem certeza?

— Tenho. Rasgada só aqui dentro, a carne está intata.

Sem saber como, Cláudio se lembra do balão roxo e branco.

— Já me rasgaram uma vez por dentro também.

Ela abre os olhos:

— Não gosto daquela mancha. De noite ela cresce e me faz medo.

— Que que tem a mancha com o seu quase?

— Na hora, quando senti a dor esquisita, olhei a mancha e me lembrei de você, nosso plano, nossos ciganinhos, nossas viagens...

— A ocasião não era muito propícia...

— Há ocasiões especiais para lembrar?

— Tem razão, tudo é fortuito, até a vida.

— Até a morte.

Ela sua, o esforço de levantar-se e a conversação agravam a fraqueza. Cláudio tira o lenço e enxuga-lhe a testa. Ao passar a mão perto da boca, Lília toma-a e beija-a, com carinho. Ele se inclina e beija-lhe a testa suada:

— Lília!

Ela segura-lhe a cabeça, apertando-a contra o peito. Uma onda de ternura o impele para ela, ternura sem justificativa, Lília não lhe é nada, nem filha, nem irmã, nem amante, nem candidata a isso. Antes dos oito luminais talvez fosse remota candidata a amante. Depois não. Ele cometeria um sacrilégio se a desejasse depois disso. Pior que incesto. Seria como desejar a si mesmo.

Angústia somada a outras. Cláudio caminha, estranhamente lúcido, após ter bebido no bar. Na cidade — tantas mil pessoas, tantos edifícios, tantos automóveis, tantos parques e pontes, há a moça de olhos verdes que toma luminal e olha manchas na parede.

Passa por uma igreja. Vontade de entrar e perguntar em voz alta o que vinha fazer no mundo gente como Lília.

Para evitar pensamentos sem-solução, resolve voltar mais cedo para a Ilha. O Studebaker desliza, ao cair da tarde, o poente avermelhado para os fundos da baía. Cláudio tem três dias de feriado pela frente, evitará a rua, ficará em casa, purgando um pouco. Talvez lesse alguns livros que se acumulam no gabinete.

Fim de semana pequeno-burguês, completo, possivelmente tranqüilo, em paz. Relativo isso de paz. Mesmo encerrado num sarcófago, levaria consigo o grão de angústia que incharia dentro, e mundo, desabaria sobre ele, irruminável.

Não sabia, não podia prever — nem mesmo se na véspera um demônio o dissesse — que a noite seguinte seria a violação do sarcófago. Justamente por ter chegado mais cedo, a tempo de jantar ainda, soube dos preparativos. Afinal, seu Amadeu e seu Jair haviam ganho o velho Andrade para a causa, e a causa com o Andrade, suas posses, seu entusiasmo em liderar questões coletivas, está quase ganha.

Tomara diversas providências e a primeira, a mais inútil ao parecer geral, foi a de suspender o baile da boate programado por um grupo de rapazes das redondezas. Recrutou ainda o major Quaresma, morador da Rua Guiricema, que logo cooperou com o croqui da situação, a planta em escala 1 por 2 mil, enorme, com as casas e quintais detalhados, mais os roteiros prediletos do ladrão assinalados em linhas azul e vermelha: a linha azul segundo o relato de seu Amadeu, pioneiro no assunto e até há pouco o único a ver as caminhadas noturnas da aparição; a vermelha, segundo o relato de seu Jair, primeiro adepto da caçada e agora participante das estranhas andanças do personagem. As duas linhas faziam voltas aqui e ali, seguiam paralelas, vez por outra se separavam. O croqui espantara os Andrades todos: o ponto de maior concentração, a densidade das linhas azul e vermelha, era o quintal comum à casa da Rua Bojuru e ao bloco de apartamentos que dava para a Chapot-Prevost.

— É o corredor natural, seu terreno dá saída para as duas ruas, o ladrão sabe disso, despista qualquer um passando pelo quintal — seu Amadeu explica com uma ponta de exagero, querendo comprometer mais ainda o velho Andrade para a causa.

Major Quaresma não fica no levantamento topográfico da situação. Elabora plano de envolvimento tático, fazendo uso de todos os que aderiram à caçada: Tartaruga, os dois filhos do Andrade, o Mário, morador da Chapot-Prevost, seu Morais, o empregado da casa de seu Amadeu, o veadinho que toma conta da boate, e outros.

Seu Amadeu tenta convencer o velho Andrade a conseguir a adesão de Cláudio. Mas Andrade é categórico, tudo, menos falar com o genro sobre o assunto, se ele quiser, que se ofereça. Seu Amadeu também não tem intimidade nem para convencer o rapaz nem para ficar livre de uma situação desagradável perante o esquisito genro do vizinho. De resto, os maiorais da campanha — entre os quais pontifica seu Jair com o bom-senso habitual — acham melhor dispensar aquele sujeito arredio que não cumprimenta ninguém, que não vai a enterro de vizinhos, que não esconde o desejo de que todos se danem.

Segundo os planos, cada voluntário terá um lugar de sentinela, na maioria dos casos, dentro das próprias casas. Postos avançados de 150 em 150 metros, bem recuados para dentro dos muros. A zona é dividida em setores e subsetores — a sociedade zela por seus quadrados, toma cautelas contra a coisa-sem-nome que anda pelas ruas.

Cláudio gostou dos planos: afora ninguém ter feito menção de incluí-lo no movimento, a Rua Bojuru ganhou mais barulho, o lado de Chapot-Prevost, seu lado, ficou mais tranqüilo.

Pode ler até tarde, a mulher e as duas crianças dormem há muito. Habituado a chegar tarde, estranha não ter nada o que fazer em casa. Lê, passa de um livro a outro, vira duas páginas, toma alguns apontamentos, não vai avante, embotado, sentindo-se mais burro que o normal das vezes. Para agravar, vez por outra ouve vozes abafadas sob a janela:

— Jacaré secou?

— Rosa Maria veio.

Jacarés secando, Rosas Marias que não vinham, nem ladrão nem sono, nem vontade real de ler alguma coisa — veio-lhe um pouco de fome, jantara mal, muito cedo, fora dos hábitos. Aproveita a oportunidade: o sogro, chefe do setor wz, que inclui a casa de Bojuru, o quintal comum e os apartamentos de Chapot-Prevost, premido por fome igual abre a geladeira na copa de baixo. Cláudio ouve o barulho, fecha o livro e desce. Atravessa o quintal que separa as duas casas, andando no passo normal de quem caminha sem cautelas. Ao abrir a porta da copa, vindo do escuro, o sogro encara o genro, pálido.

— Que que houve? — Cláudio estranha o sogro tão assustado:

— Nada — responde sem certeza.

A voz sai-lhe fraca, treme, evidente que levou susto, tanto que volta à geladeira e bebe um gole de água.

— Eu vim fazendo barulho normal...

— Ouvi o barulho — diz o velho Andrade, com convicção.

— E mesmo assim não viu que era eu?

Parece titubear. Serve ao genro a xícara de café, corta-lhe dois pedaços do pernil de presunto.

— Já vi o ladrão na semana passada, à distância e no escuro. Pensei que fosse ele.

Seu Jair dá uma guinada para trás. Ouvira passos, inúmeros passos, de gente humilde e malvestida que desce as escadas de cimento da igreja. Logo depois vêm outros, de gente mais fina. Hábito antigo de seu Jair aquele, o de assistir a saídas de missa, há anos namorara assim, conhecera a mulher numa saída igual e de igual saída ficou sem ela, fugiu com o padre, onze anos depois de casados.

Se a mulher não ficou, ficou o hábito, domingo de chuva ou sol, antes da praia, antes do chope com seu Amadeu, ver as meninas nos vestidos azuis que descem as escadas guardando os véus e os terços, depois as moças comportadas, filhas de família assim-assim, bem verdade que nada de especial, maior atração há na praia, mulheres inteiras de corpos inteiros expostos ao sol.

Seu Amadeu prefere a praia, a bebida o broxara, mas os olhos ficaram ávidos, esfomeados, e esfomeados comem as mulheres na areia, o chope é pretexto para ficar ali, arrastando as manhãs de domingo, o sol brincando na carnação das adolescentes e apalpando a carne amolegada das trintonas.

Seu Jair gosta é das saídas de missa. A ver uma mulher de maiô, tudo de fora, prefere vê-la de vestido barato, o véu sobre a cabeça, o terço nas mãos. "Delas é que saem bom caldo!" — diz para seu Amadeu.

Mixole, no primeiro degrau, estende a mão a um senhor alto e seco, morador no Tauá:

— Paga uma cachaça?

O homem faz que não ouve, nem por isso Mixole desanima:

— Uma esmola pelo amor de Deus!

A velha abre a bolsa e tira a nota de um cruzeiro, joga-a de longe, evitando o contato com a mão suja e viciada.

— O Menino-Jesus abençoe seus netos!

— Está bêbado.

Seu Jair sabe, Mixole só faz aquilo quando está bêbado. Aos domingos, antes de o sol botar a caratonha para cima da baía, já Mixole ronda os bares, conferindo as portas que se abrem. Se passava da conta, perdia o respeito, postava-se à porta da igreja, como se mendigo fosse, só para contrariar os outros, principalmente o padre, o aviso que o vigário botara na porta da igreja já amarelava, raspado: "*Esta paróquia adverte aos fiéis que um certo mendigo que habitualmente faz ponto nas escadarias desta igreja-matriz não passa de um ébrio contumaz que não merece a atenção nem a caridade de um cristão.* Assinado: *o vigário.*"

Apesar do ébrio contumaz, Mixole tenta a atenção e a caridade dos cristãos:

— Uma cachaça, pelo amor de Deus!

Seu Jair olha e se escandaliza:

— Toma jeito, rapaz, você envergonha sua mãe assim!

Mixole olha, vê seu Jair no fundo de um imenso, impenetrável poço. Lá no fundo, a voz vem distante e falsa, Mixole faz esforço para entendê-la, a fisionomia concentra-se nas sílabas, uma a uma, até que apanha o sentido inteiro da frase. Abandona seu Jair, com um misto de asco e de piedade:

— Vai sacanear outro!

Tem nas mãos duas notas suadas e sujas. A dose do Bar N.S. da Ajuda custa cinco, um cálice bem cheio, entornando pelos bordos. Com dois cruzeiros conseguirá meia dose, meia garrafa já bebera pela manhã. Dormira mal, pelo meio da noite a viração soprou forte, ele se encolheu no fundo da canoa, a *Magnólia* tinha os bordos altos, mesmo assim o vento entrava-lhe na pele salgada pelas maresias, pelos cheiros do mar.

Dormiu pouco, os pecadores vieram cedo, logo após a vazante, nem eram três horas e as cordas, as redes, as tarrafas, as latas e os cestos, e as facas, e as mantas e a porção de gasolina para o penta, a *Magnólia* foi ficando entulhada, lá dentro Mixole virava de um lado para outro, sentiu quando empurravam o barco sobre os rolos, a quilha bateu no mar, a proa flutuava, macia, bicada para o lado, o peso de Mixole atrapalhava, o pescador deu um berro:

— Acorda, homem, senão te levo para o mar!

Tentou ficar em pé mas a canoa toda boiava, como banana no meio de imensa calda, Mixole perdeu o equilíbrio.

— Isso é bebida, rapaz. Pare de beber, você assim não termina bem!

Mixole sabe que o pescador diz aquilo para o bem dele. Nunca reclamara do abuso, ele nem pedira licença para dormir na *Magnólia*, certa noite de pifão deitou ali sem saber como, gostou, voltou, se habituou, o pescador nunca reclamou, nunca disse nada, se falava era para o bem dele, todos sabem que Mixole tem casa, tem mãe que lava para fora e que sofreria no dia em que Mixole faltasse.

Segura nas bordas, são as pernas que tremem, está lúcido, se não estivesse lúcido nem sentiria a viração nem o balançar da canoa. Treme, perde o equilíbrio, a canoa de lado, pequenas ondas fazem o barco inclinar-se, natural que ele tombe também, o mar é mais forte que ele, mais forte que todas as cachaças.

— Tem um troco aí?

O pescador mete a mão na sacola, tira a bolsa de couro e conta uns níqueis.

— Vá beber.

— Obrigado.

Inclina-se para empurrar a *Magnólia*. O pescador salta para dentro, já enrolando a cordinha do arranque, Mixole empurra a canoa para o largo, onde a hélice possa virar sem risco de bater na areia ou nas pedras que há por ali. O penta pega, um ruído metálico, os dois tempos contados de ouvido, pac-pac, pac-pac, a *Magnólia* vai-se infindando pela escuridão da madrugada, o pescador apruma a proa em direção ao Boqueirão, só a brasa de seu cigarro marca o pac-pac do penta, o mundo das águas absorve homem e barco, a brasa acende mais uma vez ainda e o pac-pac torna-se distante, tão distante que o barulho das ondas vai sufocando tudo, até mesmo a vontade que Mixole tem às vezes de partir também e ir ao mar alto fazer tarrafa, trazer os camarões graúdos que valem ouro na feira do Galeão, ou as sardinhas nas tarrafas velhas que podem se estragar com a gosma daqueles peixinhos nervosos que os pobres da Ilha compram para o mata-fome de todos os dias.

Nem bar há aberto àquela hora. De nada lhe adiantam os níqueis do pescador, antes do amanhecer terá de passar em casa da velha, nem a acordaria, aos domingos é certa a nota de cem mil-réis em cima da mesa, presa ao enorme búzio que serve de único enfeite da casa, búzio que Mixole achara um dia, na praia, após um temporal. Cem-mil réis dá para três garrafas, mas há a conta, tem de pagar e mesmo que não pagasse os donos de bar se pagavam por conta própria. Pagos os atrasados, pouco sobraria, embora permanecesse o crédito, enquanto a velha tivesse vida e mãos fortes para lavar os panos sujos que as famílias davam, ele teria crédito, pendure na minha conta, e nem tomavam nota, as contas eram de boca, Mixole não reclamava porque não era de, e mesmo que fosse não adiantaria.

Vai andando pela orla da praia, até a pedreira do Paterone. Na escuridão, os olhos habituados conhecem cada dobra de areia, cada pedra coberta por ostras. A grande rampa que o velho Andrade mandou fazer para descer a *Chris-Craft* já está coberta de limo e necessitando reparos, mais um ano e o cimento começará a quebrar-se, Mixole faz os dedos dos pés penetrarem nas concavidades abertas pelas ondas.

Lá para os lados da Rua Bojuru o vulto gordo pára, espantado. Chama outro vulto, igualmente gordo. Conferenciam os dois, olhando para ele. Mixole conhece ambos: Tartaruga e seu Amadeu. Nem estranha que os dois estejam acordados àquelas horas. Tanta é a birra contra seu Amadeu que, mesmo sem vontade, lança-se n'água, enfrenta o frio da manhã chegante que lhe corta os membros, atinge o *Rex*, faz esforço para urinar lá dentro.

Ouve o tiro depois de ter ouvido o assobio da bala passar perto e morrer à tona d'água. Mergulha outra vez. Da praia, seu Amadeu gesticula, o revólver inútil, não pegaria Mixole dentro d'água, e Tartaruga solidário, levando seu Amadeu para casa, uma caninha para cortar o frio, deixa isso pra lá, qualquer dia Mixole aparece morto de tanta cachaça ordinária, e mesmo o *Rex* não serve para mais nada.

— Mas é pelo desaforo!

— Ora, desaforo de bêbado!

Bebem até o dia chegar, vermelho, trazendo gaivotas brancas que rondam a pequena ponta de areia onde os pescadores lavam as redes e onde Mixole, de borco, dorme mais um pouco, sob o sol fatigante do domingo.

O velho Andrade conta o susto que o genro lhe pregara. Vira um vulto atravessando o quintal, o ladrão tinha a mesma altura, a mesma grossura. Chegou a engatilhar o revólver novo. Quando vai fazer pontaria, percebe que não podia ser o ladrão, nenhum ladrão andaria tão sem cautela. Foi o que salvou Cláudio. E o velho Andrade pede cuidado, o rapaz chega tarde, pode gerar confusões, todo mundo anda prevenido, se fosse seu Jair ou seu Amadeu teriam feito fogo.

— Por que não adere também?

Cláudio olha o sogro com desprezo. Tomam-no como covarde — está nos olhos de todos. Pouco lhe importa. Mesmo assim não lhe é agradável morrer de forma tão estúpida, e além do mais, por equívoco.

— Não há de ser nada. Vou adotar as senhas. Jacaré secou? Rosa Maria veio?

A cunhada enfrenta-o:

— Pare de zombar dos outros! Você está brincando porque ainda não viu o homem!

— E você viu?

— Vi!

Há visitas, as visitas querem saber mais. A garota conta tudo. Vira o ladrão duas vezes, rapidamente, não dera para perceber nada, nenhum traço do rosto. Parece inocente — diz ela, uma cara de anjo transfigurado, somente os olhos são escuros e maus.

Cláudio se espanta de tanta intimidade da cunhada com o ladrão. Por duas vezes o misterioso vulto se acercara de sua janela. Da primeira vez, chegou a preparar o pulo no peitoril, ela ainda estava acordada, acendeu a luz da cabeceira e o vulto se desfez nas trevas. Da outra, já a janela protegida pela grade pantográfica, ela dormia de bruços, acorda em meio ao sono sentindo uma coisa incomodar-lhe a nuca. Vira-se rapidamente e vê: do lado de fora, dois punhais cravados nela.

Um imenso gorila negro, preso nas grades, só os olhos brilhavam, tão fortes que lhe entravam pela carne, como fogo. Deu um grito, o gorila sumiu.

— Não vi a cara. O fogo que saía de seus olhos escurecia o rosto. Parecia um bicho, um gorila, por causa da silhueta. Só os olhos não eram de bicho, eram de anjo.

— É um louco! — remata o velho Andrade.

— Os loucos não são gorilas nem anjos — Cláudio se surpreende defendendo por conta própria o ladrão, os gorilas e os anjos.

Sobe para o apartamento, tenta dormir no sofá do *living*. Não consegue. A cara da cunhada apertando a mão contra a cabeça para figurar a hediondez do gorila. O gorila existirá mesmo? Para que o gorila? Que irá fazer o gorila no quarto da cunhada? Por que não matam de uma vez o gorila? Ou era plano do velho Andrade para comprometê-lo na brincadeira, queria mais um aliado e mandara a filha contar uma história daquelas para assustá-lo?

Revira no sofá, o sono não vem.

Quando acorda, já a tarde morria. A mulher vem pedir cinema. Há muito não saem juntos. Ela se enfeita, bota calças compridas novas, emagreceu bastante — só então Cláudio repara nisso — está elegante, ficou mais calma, vai aos poucos perdendo a pontinha de gênio que tanto mal causara a ambos nos primeiros anos.

Cláudio faz-lhe a vontade. Vão de braços dados, como recém-casados. O filme horrível, uma história de peles-vermelhas, soldados do sul e do norte, mais o general Grant, o general Lee, tudo isso misturado com a mocinha de olhos mornos e seios de fora. Tiroteio final, chegam os reforços na hora suprema, as bandeiras tremulam, o bem vence sobre o mal, *the end*.

Voltam para casa. Faz um pouco de frio e o frio os aproxima. Na Rua Bojuru, a viração que vem da praia corta o corpo dos dois. Cláudio tem a impressão de que está oco, de que ele é quem faz frio.

O cinema os aproxima. Procura a mulher depois. Há meses que anda afastado daquilo que chamam tálamo conjugal. Vai para o tálamo conjugal.

Tão bom que renuncia a um livro, uns poemas que Marcela lhe dera:

Madre, son ácidas
las uvas de la ausencia.

Às ácidas uvas da ausência, o vinho doce da presença.

Coisas que não faziam havia muito, dormem juntos, no mesmo travesseiro, abraçados, o calor de reencontro na boca.

Soma compromissos, verifica possibilidades, faz e refaz cálculos, súbito aparece, incômodo como um policial dentro de casa, o estúpido dever: dinheiro.

"Preciso de dinheiro!"

Consulta amigos sobre agiotas, não conhece um só representante dessa fauna.

Binho goza de intimidade com a classe. Cláudio precisa de cem contos, Binho propõe-lhe uma letra de duzentos, cem também para ele. Daqui a seis meses pagarão cada qual sua parte, com os respectivos juros, que são exorbitantes.

Repentinamente alegre com a facilidade do negócio, convida Binho para almoçar na Colombo. Cláudio come bem, à vontade, dinheiro no bolso, Marcela na baia, cevando na honesta domesticidade. Binho está com dor-de-corno redescoberta. Coisa que parecia cicatrizada, que não mais doesse. "Cicatrizada uma ova, dor-de-corno não cicatriza nunca, fica uns tempos incubada, esquece-se dela ou ela se esquece dele, mas qualquer pretexto, um cheiro, uma canção, um vestido igual em outra mulher — e lá está, chaga mais que nunca aberta, sangrando como dor inédita. Há mesmo aquele gargalo que nunca se ultrapassa: o mosquito querendo sair do garrafão, ir subindo, subindo pela parede lisa, chega ao gargalo, cai novamente e recomeça tudo, indefinidamente".

Após o rompimento, em que deixara no ar algumas esperanças, a pequena do Binho passara meses nos Estados Unidos, com o marido, em missão da ONU. Voltara anteontem. E ontem mesmo procurou Binho. Chegou a ir ao apartamento onde durante quatro anos se amaram com fúria. Ida a local tão propício à integral reconciliação fora apenas para comunicar:

— Binho, encontrei o homem adequado!

Binho entendia e se julgava com redobrado direito a sofrer por causa disso. Se ela tivesse dito: *o homem certo*, ou *o homem que eu procurava*, não haveria perigo, o homem podia estar errado ou outra coisa qualquer, Binho continuaria a dar as cartas por cima da carne-seca, embora a carne em questão não fosse bem seca. Mas ela dissera: homem adequado. E esse homem adequado faz Binho sofrer, nem almoça, fica bebendo, bebendo e gemendo, a boca amargando, as palavras saindo nauseadas, como que vomitadas.

Cláudio pondera que o homem adequado pode ser um complexo de três ou quatro cavalheiros que a tinham em rodízio. Binho previra a hipótese.

— Você hoje está chato — Cláudio sente-se leve podendo acusar Binho de chatice.

Na repentina humildade que o sofrimento dá, Binho se julga chato mesmo, o homem mais chato do mundo.

— Então sexta-feira, apanhar a promissória...

— Sim, sexta-feira, não esqueça os selos...

Atravessa a rua, arrasado. No meio do cruzamento Binho esbarra com o sujeito que vinha lendo jornal. Aquele homem seria adequado a quê? A morrer embaixo de um carro?

Cláudio pensa que o homem podia ser o mesmo que corneava Binho adequadamente.

Quando senta à mesa de trabalho, a máquina de escrever à sua frente pede qualquer coisa, chama-o. Cláudio bota papel, engrena espaço dois, faz duas margens caprichadas. Bate em caixa-alta:

FRAGMENTO-TENTATIVA DE ENSAIO
SOBRE OS CORNOS

Acende o cigarro, puxa uma tragada forte. E continua:

"*O corno é, antes de tudo, filho de corno e amigo de outro. Donde a primeira consubstancial verdade: ser corno é hereditário e contagiante.*

Que vem a ser homem adequado? A mulher do Binho é bonita, moça, rica, filhos sadios que ganham medalhas em exposições de puericultura, como os touros recebem faixas nas de pecuária. Tem amantes à vontade — é o próprio Binho que lhe reconhece a capacidade — e eis a questão: o que será um homem adequado a semelhante mulher? Binho não fora adequado apesar do muito que se amaram, das oportunidades, das viagens a Punta del Este. O que a mulher procurava e exigia era um homem adequado.

Homem adequado deve ser isso: um vice-marido. Um homem que aceite ser concubino de determinada mulher, se submeta à hierarquia humildemente, sabendo que ocupa na vida da mulher um lugar mais burocrático que romântico.

As causas mais comuns à briga entre dois amantes está aí: o homem entra com sua fúria inicial, quer a mulher todos os dias, a todas as horas. A mulher não quer perder nem o amante nem o marido, encontra dificuldade em colocar o amante no ritmo a que se impôs, dentro de sua adequação, isso se não cansar antes. O homem, se cansar, vai procurar outra, e a mulher sabe disso.

Surge então a necessidade do vice-marido. E ao dizer vice-marido entenda-se tudo o que deva ser um marido pela metade, inclusive no sadio tédio que deve inspirar a uma mulher honesta. Bem, a mulher desonesta ou será imbecil e nunca terá amante, ou será esperta demais e quererá ter todos.

Sobra esta pouca verdade: a mulher inspira bons poemas e péssimas filosofias — basta atentar a isso de homem adequado. E encontrado tal espécime, não desejará outra coisa se não ter paz de espírito e de carne para, à noite, botar a cabeça no travesseiro e dormir sossegada."

Um engulho na garganta e Cláudio retira a folha da máquina, pica-a em pedacinhos. De Binho derivara gradativamente para si mesmo, ali estava a frase com que Irene certa tarde evitou ir ao apartamento: "quero dormir descansada".

Passara uns tempos sem procurá-la, não por enjôo. Cansaço. Irene esgotara-o, foi com ela que Cláudio rompera diversos rubicãozinhos da vida interior, seus casos eram estereotipados, semelhantes uns aos outros. Irene rasgara as regras, fora uma luta, primeiramente com ela, depois consigo mesmo, ambas cruéis.

Perdia miseravelmente quando mais desejava e precisava vencer. Chegara a dar não só a batalha como perdida, mas a própria guerra. Procedeu à retirada, não retirada estratégica, escondendo um contra-ataque posterior. Uma debandada humilhante, isso sim.

Guardou as armas, escondeu as unhas.

Quando nada mais esperava, tudo recomeçou num crescendo. Cláudio procedera com prudência digna de um inseto, desses que se fingem mortos quando perseguidos. Fingiu-se de morto, morto humilde — embora isso de morto humilde fosse ridículo, todos os mortos lhe pareciam humildes.

De seu sepulcro solitário e voluntário esperou a ressurreição da carne e a vida eterna amém. Ela, de repente, descobriu que estava apaixonada, quis fazer misérias, jurou amor eterno.

Cláudio aceitou o amor e dispensou o eterno.

A chama reacendeu-se nele — tinha de confessá-lo — mas não muito. Não podia se entregar de todo, mesmo querendo, mesmo fazendo força para isso. Medo dela. Como a criança que se apavorou entrando à noite em casa de onde logo foi expulsa por fantasmas noturnos. Mesmo de dia, à luz do sol, portas e janelas escancaradas, ela olhará com temor as paredes que geraram monstros na véspera.

Irene era seu monumento fundamental. Sua fundação. Precisava volta e meia ir a ela, como os patriotas vão aos locais das batalhas pátrias para consolidação dos sentimentos.

Cláudio descobre, picando os pedacinhos daquela filosofia de corno, que não fundara nada em Irene. Fora apenas um caso, ela mesmo o definira, "você é o caso mais sério da minha vida!". E talvez tenha sido, tanto complicava que elas terminavam pensando assim. Mas não fundou nada em Irene.

"O que quero é deitar a cabeça no travesseiro e dormir sossegada!" foi o que ela disse, na tarde em que, pela primeira vez, não quis ir ao apartamento, iniciando uma série de outras recusas. Ao mesmo apartamento aonde ela fazia tanta questão de ir, onde deitou armadilhas até pelos lençóis para saber se outra mulher freqüentava aquele leito, repartindo com ela o amor de Cláudio.

Chegava de preocupações, de convulsões. Nada melhor que um homem adequado que não dê para tirar o sono das mulheres honestas.

O homem adequado de Irene é fiscal do Imposto Sindical.

Vontade de voltar, ir para casa. O Studebaker voa, rolando pelo concreto da Avenida Brasil, em busca da Ilha. O dia não fica apenas na descoberta do homem adequado. Pertence-lhe de forma integral e boa. Angústia puxa angústia. Paz puxa paz. Irene mais uma vez o marcava. A pequenina paz foi crescendo, recebendo afluentes daqui e dali. Cresceu. Caudal imenso, inundou-se de paz, junto às filhas, buscando com um pouco de desespero integrar-se no próprio sangue e na própria carne, repetindo a noite do cinema, o calor de reencontro novamente na boca e no coração. Por instantes, cevado no suor de dois corpos, sentiu-se purificado, quase redimido.

Muita agitação pela banda da Rua Bojuru. A paz de Cláudio diluída em água e medo. Acorda e olha o céu. Bem-estar físico, o céu de gostoso azul, o cheiro do café matinal, o lar limpo e feliz — mas a paz está morta. Culpa a noite e não está sendo justo: não tivera sonho algum, despertara descansado, tranqüilo, nada havia se alterado no mundo ou nele — mas a paz estava morta.

O ladrão aparecera novamente. Não ataca nenhuma casa ou pessoa, limita-se a passear pelas ruas num passo honesto — segundo os depoimentos gerais. Riu até. Riso nada lúgubre, simpático mesmo. A sogra acha absurdo, ladrão é coisa sinistra, seu riso — se acaso tem algum —, deve ser a gargalhada das caveiras desdentadas ou das corujas. O cunhado, que às vezes perpetra sonetos, mantém a afirmação, que o riso era de quem achava graça das estrelas.

Ladrão que se preza não ri — firmaram. O riso foge aos gabaritos que se permitem a um ladrão. Será mesmo um louco, como quer seu Amadeu? Mas que espécie de louco é esse que nada mais faz senão olhar as mulheres dormindo e sorrir das estrelas?

— Por que não aproveitaram o bom humor do ladrão e não o prenderam?

Seu Jair encara Cláudio com surpresa.

— Porque... porque...

Outros que chegam fazem a mesma pergunta, era só aproveitar a bela disposição revelada pelo ladrão para ao menos chamá-lo às falas, indagá-lo dos motivos de suas visitas noturnas, suas rondas pelas janelas de mulher dormindo.

Falando por todos, Andrade conta: colocara-se de alerta no fundo da varanda, dali observaria o homem sem correr o risco de ser percebido. O ladrão passou a uns 15 metros de sua espingarda nova. Não atirou porque não houve nada, apenas passou pelo meio da rua, coisa decente e permitida pela polícia. Esperou astuciosamente que o ladrão cometesse a primeira infração dos códigos: passar pela rua não infringia código algum, era direito assegurado pela Constituição e pela Carta do Homem Livre das Nações Unidas.

De sua varanda, em frente à do Andrade, seu Jair, também oculto, raciocinou da mesma e jurídica forma. Chegou a pensar em interpelar o ladrão, mas seria contraproducente, sabendo-se vigiado o homem fugiria. Melhor esperar, dar corda, com a própria corda seria enforcado. À menor tentativa de pular um muro ou forçar um portão e seria fuzilado com a mão na botija.

Mas o ladrão não botou mão em botija alguma. Limitou-se a rir para dentro dele mesmo, como que troçando de todos. No fim da rua virou-se para trás e soltou uma risada mais forte, enorme, do tamanho da noite.

Rir também era permitido, ninguém soube precisar se havia proibições legais nesse sentido. Talvez violasse a lei do silêncio, mas essa lei nascera em tempos da ditadura, devia estar revogada, a dúvida mais uma vez beneficiou o réu.

Tartaruga, da praia, também à espreita, quase disparou seu revólver. Não o fez por dois fortes e bastante motivos: primeiro, porque nutria dúvidas de ordem jurídica sobre a liceidade da gargalhada. Segundo porque ele, Tartaruga, tomara umas canas — faz frio lá na praia — explicou — não estava bom das pernas, seu tiro tinha poucas possibilidades, o ladrão podia se queimar com o tiro, Tartaruga conhecia casos, um bêbado disparou num camarada, o camarada tomou-lhe o revólver, arriou-lhe as calças, fez o serviço, o que mais doeu foi a bolota da massa de mira.

Não atirou mas abriu os olhos. E viu. Viu o ladrão pular para areia e dar saltos. Ouviu-o murmurar palavras sem sentido, depois declamou uma espécie de discurso em língua que ele, Tartaruga, não sabia precisar, mas parecia com a da missa, latim talvez, embora pudesse ser sânscrito ou indo-europeu, ele, Tartaruga, não era hábil em línguas, só na própria, e para indevidos fins — disse.

Viu ainda o ladrão apanhar de um pedaço de pau e escrever na areia. Depois riu sarcasticamente (Tartaruga ficou meio desacreditado com o "sarcasticamente", não conferia com o relato dos demais) e sumiu como um raio pela pedreira do Paterone.

Tartaruga é espinafrado por todo mundo. Então o ladrão deixa uma pista ali nas barbas e ele nem se dá ao trabalho de ir averiguar? Quem sabe o próprio nome, ou o endereço, uma pista qualquer?

Tartaruga alega as pernas bambas, a escuridão.

E como faz sol a céu aberto, vão todos examinar a areia. A maré já havia baixado uma vez e subido duas. Areia virgem, lisa, intata de homem.

Só não desfeiteiam publicamente Tartaruga porque ele se redime em parte, exibindo um pedaço de pau já comido pela caraca:

— Foi com esse pau!

Seu Amadeu identifica o pau como pedaço de remo de algum pescador da Z-5. Seu Jair, homem dado aos transcendentais, fareja trabalho de umbanda, pede o pau para consultas, conhece terreiros eficazes, pais-de-santo fortes, especializados em desvendar mistérios assim.

Ninguém objeta contra. Talvez o ladrão transcenda às limitadas fronteiras da razão, supere os mil acidentes naturais da carne.

O medo geral se amplia.

A mulher de Cláudio não toma parte nas discussões. Não tem nem dá opinião, evita se impressionar, resguarda as meninas de ouvir comentários, ficariam apavoradas sabendo os adultos alarmados e tão sem defesa diante do mistério que lhes ronda as ruas.

Acresce que o marido chega tarde em casa, lá pela madrugada, ela mais as duas meninas permanecem sozinhas até altas horas. Bem verdade que a casa está protegida, o velho Andrade velando por todos, os rapazes se revezando na guarda. Mesmo assim, sente que há motivos para preocupar-se. Sempre foi medrosa, tem medo de almas ainda. Quando Renata acorda durante a noite e Cláudio troca de cama com a filha, a noite se encomprida para todos.

Quem aprecia a ida de Cláudio para o quarto das bonecas, é Valéria. Ao acordar, vê o homenzarrão na cama da irmã, as pernas sobrando. Atira-lhe então com as cobertas, o travesseiro, a medalhinha do Anjo-da-Guarda de sua cabeceira. Só pára quando vê o pai abrir os olhos e fingir que está contrariado.

Por sua vez, quando Cláudio desperta ao lado de Valéria, ao ver seu rosto descansado, pronto para uma porção de aventuras durante o dia inédito que se lhe abre à frente — ele se sente feliz, o homem mais feliz da terra.

Uma aventura com o homem mais feliz da terra.

Fica lendo até tarde na poltrona do *living*. Vem o sono. Passa Renata e Valéria, que dormem ao lado da mãe, para as próprias caminhas. Veste o pijama e vai se deitar.

Acorda, de repente, outra vez na poltrona, a luz acesa em cima do consolo de pau-marfim, o mesmo livro nas mãos.

Por instantes não entende nada. Se estivesse sem o pijama, a explicação seria simples: um cochilo maior durante a leitura. Mas Cláudio não é de cochilos. E, além disso — prova maior — há o pijama todo abotoado, provando que já se deitara. Para tirar as dúvidas, vai aos quartos. As meninas dormem no quarto das bonecas. No próprio quarto morre a dúvida de todo: seu lugar na cama lá está, marcado de alto a baixo na depressão do colchão, os travesseiros revirados, na posição em que sempre os usa.

Sim, ele se deitara, dormira, sem dar por si se levantara, fora para o *living*, acendera o abajur de cima da vitrola, abrira o livro na mesma página onde parara. Quem sabe se não chegara a ler algumas linhas? Pega o livro, passa os olhos, parecem-lhe recentes cinco páginas adiante daquela em que interrompera a leitura para ir deitar.

Sonambulismo? Não. Qualquer coisa dentro de si diz que não. Estuda a topografia do apartamento, faz o roteiro: deve ter saído do quarto com sede, zonzo de sono. Bebera água na copa, quando voltou, em vez de virar à direita e voltar ao quarto, virou à esquerda e foi para as salas.

Isso explica metade. E a outra metade? A luz acesa, o livro aberto na mesma página, a leitura de cinco páginas inteiras?

Com a brutalidade do sono fizera aquilo maquinalmente, por ser de hábito. Sim, deve ser isso. E se não fosse?

Lembra Recife. Em meio ao *Lago dos Cisnes*, saiu dos bastidores tonto, dor de cabeça repentina, dessas que o assaltam às vezes. Culpava as emoções da temporada, Irene, cigarros suspeitos, a luminosidade da cidade, o verde exagerado do mar, tudo lhe arrebentava os nervos.

Passou pelo corredor dos camarotes, vazios, todos na platéia, o som da orquestra abafado pelas grossas paredes, a valsa do segundo ato. Súbito, deu com um homem à sua frente, recém-conhecido, médico em Olinda, Cláudio dera-lhe entradas para a primeira noite, o homem gostara e voltava a todos os espetáculos.

O médico perguntou-lhe o que havia de anormal. "Nada". Não ficou nisso, pegou-lhe pelo braço, levou-o para fora, no jardim em frente ao teatro deixara o pequeno carro, lá dentro a maleta, tirou-lhe a pressão, o cheiro de borracha, o ar inflado apertando-lhe o braço. Os ponteiros tremiam no relógio, o ar escapando.

— Nada de físico, nada de físico...

— Mas doutor, eu não tenho nada!

O médico fez olho grande:

— Posso ser franco?

— Pode.

— O senhor está com cara de louco! Cara de louco, ouviu!

Cláudio sentiu ímpetos de esbofetear o médico:

— Louco está o senhor!

O homem nunca mais apareceu. Cláudio voltou ao teatro, e lamentou não estar louco mesmo. Viu sua cara em frente ao enorme espelho. Assustou-se com ela.

A cara no espelho não se mexe, imóvel, como se fosse de morto recente. As olheiras da noite insone lá estão, tremendas, dando-lhe o ar envelhecido e distante. Deixara-se levar pela mão do amigo, venha ver meu novo apartamento. Cláudio evitava ir para aqueles lados que perduravam ainda em sua carne sangrando e doendo. Dava voltas pela cidade para evitar o bairro em que morara antes.

O amigo insistira, venha ver o apartamento, a decoração, os quadros. Cláudio não vê nada disso, só o imenso espelho da saleta que lhe devolve a imagem com nitidez mágica. Nunca se viu assim, tão saliente, tão cru, "é assim que os outros me vêem, eu sou aquilo!" — e esse pensamento o assusta. O louco. Lá está o louco no espelho, o que tem a pressão arterial normal, a valsa do segundo ato, a leitura interrompida pelo sono ou o sono interrompido pela leitura, o que acorda às noites e anda pela casa, oculto e safado, monstro solitário.

Pior que o espelho, o imenso janelão que a cortina correndo nos trilhos se abre com um puxão violento. Lá está ela, a mesma paisagem, brilhando ao sol da manhã. Seu antigo apartamento bem em frente, a poucos metros. Vê-se o canto das paredes internas, a metade da porta do gabinete, o canto onde ficava a televisão, mais em cima o terraço, os mesmos vasculantes adernados, na corda de cima o pregador vazio, tremendo ao vento igual que desce das montanhas do Sumaré e varre o vale da Tijuca inteiro.

Três anos resumidos na paisagem, resumidos não, ampliados. Ampliados no céu, nas nuvens, em cada dobra da montanha, na cor da manhã igual e sobretudo na armação de ferro e concreto erguida no meio, marco de estrada abandonado, sem número, sem data, apenas marco, sem precisar se o meio da viagem, o princípio ou o fim.

Venta, como antigamente. Lembra o terraço por ocasião das festas de São João, Renata teima em realizar a festa lá em cima, quer lanternas, bandeirinhas e balões. O vento não deixa em paz as lanternas, ficam tortas, ameaçam cair. As bandeirinhas despencam. Cláudio olha o vento como a um inimigo. Renata se aflige pensando na noite:

— Com esse vento os balões vão subir, papai?

— De noite o vento vai dormir, minha filha.

Fica tranqüilizada. Pergunta onde o vento vai dormir, o pai diz que na casa dele, vento.

— E onde é a casa do vento?

— Lá, do outro lado — aponta o maciço da Tijuca, onde as coisas do mundo dormem.

Ficam satisfeitos, os dois.

O vento passa. Surge do fundo das montanhas outra recordação, fantasma já mais ou menos sepultado: o último Natal que passara ali. O Natal mais triste de sua vida. Estava sem dinheiro, sem amor, traído por todos e por tudo. Chega a se trair: chora num canto da sala. Aproveita ter ido a mulher visitar os pais com as crianças, ficara só, olha tudo de repente e chora de mansinho.

A árvore de Natal está bonita em seu canto, é a primeira vez que arma árvore de Natal, não mede gastos, faz coisa suntuosa. Esperava um pagamento que não saiu. Saem dívidas incubadas que tem de saldar em cima da hora. Fica sem dinheiro. Na véspera, marcara um encontro com Irene, esperara no apartamento a tarde inteira, a noite caíra, ela nem telefonou, Cláudio se sentiu traído e na certa o fora.

Atinge os trinta anos e não fizera nada, nem sequer preparara base para construir qualquer coisa. A vida perdida — descoberta amarga para se fazer num Natal sem cor. O tempo do amadurecimento passara, o da criação chegava e o encontrava desprevenido, mãos pior que vazias, inúteis, inábeis. Esgotara-se por nada para não ser nada, para não esperar mais nada.

O desespero pelo tempo perdido. De braços cruzados só lhe resta assistir ao desmoronamento do ídolo de lama: a água subindo, subindo, os joelhos se derretendo, até que o peso do corpo faz o resto e ele desaba no pó.

Árvore de Natal inútil dentro dos olhos. Uma bola dourada, enorme, guarda convexamente sua figura, deformando-a. Vendo a cara deformada é que chora. Sai de perto da árvore, doloroso chorar diante dela, não quer profaná-la com lágrimas de homem, ela está ali para enfeitiçar as meninas com a magia de seus frutos de ouro.

Melhor assim. Nunca ninguém soube que ele chorou num dia de Natal. Ele mesmo se esforça por esquecer.

Não vê mais nada agora: apenas o Natal triste. Não é um acontecimento passado ou presente: uma atmosfera pastosa, concreta, entra pelos olhos, pela boca. Cláudio come o seu Natal amargo.

Às suas costas, o amigo fala alto:

— Esta cópia aqui custou-me cara, mas está perfeita, nas mesmas proporções, o mesmo colorido, em Toledo eles conseguem maravilhas na arte da reprodução, olha aqui o *Enterro do Conde de Orcaz*, é da melhor fase El-Greco já sei, você prefere gente mais recente, tenho aqui o Mondrian, olha este amarelo, só que a geometria atrapalha um pouco no meu entender, prefiro Van Gogh, já sei, hoje está aburguesado, mas prefiro do mesmo modo, os amarelos, talvez meu pai compre ainda um girassol, sabe, o velho está em Paris gastando os tubos. E que tal Goya?

— Goya?

— Ué? Onde está você?

— Aqui mesmo, olhando isso tudo.

— Paisagem fútil, preferiria o mar, mas, o apartamento é soberbo, na zona sul não encontraria nada melhor que isto, foi feito especialmente para o meu estilo de vida.

— Estilo de vida?

— Gosto não se discute. Já vai?

— Qualquer dia voltarei. Para olhar a paisagem outra vez. Dividir com os olhos, vermelho de um lado, negro de outro. Talvez não dividindo, não há divisões, há gradações, hierarquias, como nas cores do espectro solar: olha aqui este amarelo de Mondrian: onde começa o amarelo? onde termina o azul?

— Pensei que você gostasse de pintura.

— Não gosto. A rigor, gosto é de trepar. Para o resto, o homem mereceria uma legislação à parte na natureza. É cruel sabermos que nossas leis básicas são as mesmas para as pulgas e os siris. Tudo tem solução, menos o homem.

— Mas a arte...

— Isso para a arte!

— Mas Goya conseguiu realizar...

— Merda para Goya, merda para você, para seus quadros, para essa paisagem, para seu apartamento, para seu pai, sua mãe e sua avó!

— Você enlouqueceu!

— E olhe: mande tirar agora mesmo aquele bruto espelho da saleta, se não eu quebro!

— Você precisa ir a um psiquiatra, isso de temer espelhos a psicanálise explica.

— Merda para psicanálise também.

Dá um pontapé no espelho. Que não se parte. Continua intato, a devolver-lhe o rosto espesso de morto recente, só os olhos exaltados, como um soldado medieval dentro da armadura onde os olhos sobram das viseiras e olham o mundo.

— Você está louco!

A mulher acorda com o barulho.

— Que idéia é essa de mudar o espelho?

— Tá muito chato isso aqui em cima. Vou botar um quadro. Fica melhor.

— Mas a essas horas! São quase três horas da manhã, por que não vai se deitar, você precisa descansar.

— Já dormi um pouco. Acordei, perdi o sono e impliquei com esse espelho em cima do móvel. Vou botar um quadro aqui.

— Já sei, um daqueles de meter medo às crianças que você arranja com seus amigos...

— Não. Um quadro do Bastos mesmo, com canoas, céu azul, pôr-de-sol, velas brancas abertas ao vento. Tá bem?

— Mas a essas horas? Vem dormir, não faça mais barulho!

— Já vou. Primeiro deixa esconder este espelho.

— Mas que tem de mais esse espelho?

— Não quero mais espelhos dentro de casa. Basta os de seu armário, os do banheiro, esses a gente não pode evitar.

— Cláudio, venha dormir, você precisa descansar. Deixa que amanhã eu guardo isso para você.

— Jura?

— Juro. Venha deitar, não me aborreça mais, você precisa cuidar dos nervos.

Pega-o pela mão, deita-o com carinho ao lado. E, sem saber como, Cláudio sente-se agasalhado, protegido pela mão da mulher, sob as cobertas, sem temer o escuro, sem temer os espelhos que o esperam pelas esquinas do mundo.

Vai com Irene ao concerto de Beethoven, no Municipal. Lado a lado, quase chegam a dar as mãos, como antigamente. Não fazem isso, seria triste para os dois. Esgotaram o ritual — rito breve e monótono. Depois, nada mais a fazer, nem mesmo dar a mão ao outro. Bastando a saudade do ritual que se reacende às vezes.

Guardam o gosto de carnes misturadas. Mão na mão seria tolice, amor é coisa estanque, sempre inteira ou não mais, estanque é a ilha — pensa.

Irene. O gosto de Irene. A coxa de Irene junto à sua: espécie de passado que se toca, que se desembrulha do fundo, de que sente o calor, que deseja ainda.

O concerto é de Beethoven mas o sujeito envaselinizado aparece no palco e avisa que o primeiro número será Liszt, *Sinfonia do Fausto*, com orquestra e coro.

— Gosto do Fausto, "eis-me visões, sou vosso! Oh Vida! Oh Labirinto!". Mas a música de Liszt é tola. De mau gosto.

— Já percebi que você não gosta do bom-gosto.

— Vejo tanta coisa imbecil de bom-gosto!

— Então cale a boca e vamos ouvir!

— Olha aqui, Irene, não suporto Liszt, nem Paganini, os virtuoses não deviam compor, dão impressão de meninos prodígios exibindo precocidade — um ar insuportável nesses sujeitos!

— Espera um pouco, depois vem Beethoven.

— O berrador Beethoven. A sonata 110. O homem que não quer soçobrar — o adágio das mãos trocadas...

— Cláudio, você está falando alto, incomoda os outros!

Mãos trocadas insensivelmente. Irene apanhara as mãos de Cláudio num misto de carinho e desespero em fazê-lo calar.

— Tem razão, Irene, obrigado pela mão. Eu também não quero soçobrar.

Irene olha-o como antigamente. Naquele instante Cláudio sabe que Irene espera apenas um aceno seu para ir ao apartamento, ser sua outra vez, como há muito tempo não é mais. Os dedos entram desgovernados de si mesmos, Cláudio possui Irene novamente, pelos dedos, jamais esquecera a primeira posse, no areal da praia de Tambaú, Irene na hora do prazer procurou-lhe a mão, os dedos se penetravam, tal como agora.

Cláudio tentou repetir com Marcela a mesma penetração das mãos na hora do prazer, mas foi diferente. E à lembrança de Marcela desanima de sair com Irene.

— Irene, sou um miserável!

— Cala a boca, Cláudio, você está excitado!

— Sou um miserável, um porco, fazem de mim o que querem!

— Isso é dor-de-corno da outra?

— Não é bem dor-de-corno. Todo mundo me domina. Se você não me desse a mão agora eu seria capaz de dar um grito. Sou uma fêmea, e vocês, mulheres, gostam disso, gostam de proteger, se você visse como minha mulher foi boa, como se derreteu por causa de um espelho.

— Acho melhor irmos embora. Estamos atrapalhando os outros.

Antes mesmo que Cláudio se levante, Irene já está de pé. Cláudio não tem outro jeito senão sair também. A brisa que vem do mar bate-lhe no rosto. Choveu um pouco, o asfalto está úmido, as lâmpadas se desmancham em amarelos grotescos pelas ruas molhadas, "onde começa o amarelo, onde termina o azul?".

Irene mora perto, logo no início da Glória. Vão a pé, a brisa do mar acalmando a cabeça de Cláudio.

— Você precisa cuidar dos nervos, Cláudio. Muita agitação, muita leitura, muita bebida, sei lá, até eu às vezes tenho medo de você!

— Há um complô contra mim. Todo mundo me manda ir ao médico. Isso é o Terror. Não tenho nada, mas onde bata, onde me abrigue, me vem um camarada, amigo às vezes, às vezes estranho, e me manda ir ao médico. Não tenho nada! Estou é um tanto intolerante... Talvez comece a sentir falta de alguma coisa importante.

— Lembra-se daquela frase?

"Trepa que passa?"

Irene vira a cara para o lado do mar, ela se oferece, Cláudio percebe bem. Mas sabe que é incapaz de possuí-la agora, depois daquelas mãos trocadas. Calados, andam como dois amigos sobre os quais o silêncio pesa docemente.

— Não quer subir? O Jorge está em casa!

Sobe para cumprimentar o recente marido de Irene. Jorge sua para descobrir o que é planta subaquática da família das amarílis-pélvicas, num problema de palavras-cruzadas. Cláudio também não sabe e nota que o outro fica satisfeito com sua ignorância:

— Eles fazem isso de propósito, só para a gente não saber!

— Há alguns que sabem — Irene chateia o marido.

Cláudio desce à rua e telefona para Marina:

— Não me fale, seu cretino, vou desligar!

— Vai fazer besteira, me espere lá embaixo que vou aí!

— Não venha! Chamo a radiopatrulha!

— Por quê?

— Há mais de vinte dias que você não aparece!

— Pois vou aí agora!

— Não venha! Não vou descer para abrir a porta para você, tenha vergonha na cara e não me procure mais!

— Não tenho vergonha e vou aí!

— Imundo! Duas mulheres não bastam? Pensa que sou sua escarradeira?

— O meu problema não é...

— Já sei, vai dizer que é um assexuado, um anjo... um...

— Nem tanto. Apenas que você só tem sexo na cabeça. Parece uma virgem que nunca viu um homem nu na vida. No entanto, já foi casada não sei quantas vezes, e por cima de tudo, já tem mais de 40 anos...

— Não precisa me lembrar.Tenho memória bastante para saber minha idade. Você sempre foi um patife!

— Pois o patife vai aí!

— Não venha!

Vai. Marina o recebe. Vão para a cama, onde ela lhe faz um amor exasperado pela angústia e pelo medo do fim.

— Mãe! Qualquer dia mato um desses ricaços aqui da Ilha!

— Para quê, meu filho?

— Não gosto deles.

— E a polícia?

— Nós fugimos, vamos para Paquetá, lá ninguém me pega.

— Deixa disso!

— Mato, mãe, mato!

— Para quê? Você não é feliz assim?

— Não é por mim não...

— Não reclamo do trabalho, só não quero é perder você.

— Perder como?

— Para uma mulher, para a morte, para a polícia...

— A polícia não entra nisso. Dentro d'água ninguém me pega!

— Bobagem filho, tira isso da cabeça, eu estou bem, não reclamo!

— Mas é desaforo daquele veadão!

— Histórias!... Ele não é teu pai...

— Mas todo mundo pensa que é.

— Ninguém sabe nada...

— Mesmo que não seja meu pai, é um sujo, anda agora pelo meio da noite, de revólver na mão, atrás de mim. Se der sopa, ele me mata!

— Mata nada. Amadeu é covarde.

— Ontem atirou em cima de mim, eu estava no *Rex*, a bala zuniu aqui, se não fosse a escuridão, tinha me acertado.

— Você anda provocando o homem.

— Provoco nada. A *Magnólia* saiu mais cedo, não tinha onde dormir, fui andando pela praia, vi o veadão na esquina da Rua Bojuru, nadei até o REX, aí o tiro cantou...

— Deixa o barco do homem pra lá... tanto lugar para isso e você implica de ir fazer lá...

— Ele é que me implica. Quer me matar!

— Amadeu não é tão bobo assim, não mata ninguém, o Juvenal há muito tempo deu uma surra nele, dentro da *Quinta*, ele nem fez nada, apanhou como um cachorro e teve de ir de joelhos apanhar o revólver nos pés do Juvenal. Aquele é que era valente, meu filho...

— A senhora diz isso para eu pensar que Juvenal é o meu pai. Mas aqui na Ilha todo mundo diz que é aquele veadão.

— Quer saber mais do que eu?

— Mãe, vamos embora daqui, vamos para Paquetá, mas deixa primeiro fazer um serviço.

— Tire essa idéia da cabeça, filho, não vai fazer besteira por quem não merece. Olha que eu me perco se acontecer alguma coisa a você!

— Mãe, tou devendo dinheiro ao surdo do bar, duzentas pratas. Ele me cortou a conta, não me deu cana hoje.

— Dinheiro só amanhã, vou levar a roupa dos Dutra, agora só tenho alguns trocados...

— Serve. Preciso beber, ainda não bebi nada.

— Já tinha percebido, essas idéias só te vêm assim...

— Mãe, eu sou um caso perdido, a cabeça só presta quando está cheia.

— Toma, filho, bebe no Lopes, lá eu tenho conta, diz que eu pago amanhã sem falta.

— Beijo, mãe.

— Toma, filho!

Dói-lhe em algum lugar o mal que ele pensa causar a Marina. Deseja-a de 15 em 15 dias, ela não acredita nisso, crê no amor compacto: Cláudio só valeria alguma coisa a seus olhos se cometesse um homicídio por sua causa, ou se saísse de galgo corredor, rocim fraco e adarga antiga a correr mundo. Cláudio não é partidário dos homicídios nem essas épocas pouco heróicas são propícias a andanças em rocim fraco, diz-lhe isso, e Marina o julga pior, palerma, mas o ama com desespero.

Precisa dela quinzenalmente. Ela precisa dele com maior freqüência, isso basta para que vivam sempre mal, exceto em cima da cama, onde em geral, vivem bem. Quer explicações, principalmente quando não há nada o que explicar, "por que você quer hoje? por que não aparece há uma semana e meia?".

Cláudio deixa o barco correr. As necessidades cobram seu tributo nas horas certas e é o que importa. Com Marina, o mais prático e o menos trágico é resplandecer vez por outra com sua bastante presença. Ela está iniciando o fim, não há mérito nenhum nisso, não fosse ele e seria um gato, um bibelô, uma recordação. Para azar dela, cedo o fez perceber isso, Cláudio não podia perdoá-la e mesmo que perdoasse não adiantaria, a vida, essa não a perdoaria.

Marina dá-lhe coisas boas no amor. Aquela carne adocicada das amantes de quarenta anos tem um visgo forte, não se liberta dele com facilidade. Cláudio sente-se um deus quando ela o possui, com uma ponta de desespero, de angústia. Chora muito depois que sente prazer. Isso o aborrece na hora. Dez ou 15 dias depois, de repente ele abandona tudo, deixa Marcela, Irene, vai correndo até Copacabana para ouvir novamente aquele pranto macio, onde as lágrimas salpicam dois seios brancos e maduros, densos e doces como passas.

"Sou um porco, um imenso porco!"

Mas o porco vai à praia pela manhã, com as filhas, é domingo, já começa um pouco de calor. O verão se aproxima, longe ainda. Breve chegarão os dias de rigor, a praia transbordando de gente, as veranistas, as malcasadas que dão sopa na areia a manhã inteira, caras novas e truques velhos para passar o tempo.

A mulher do Evaristo faz sucesso com o maiô de duas peças. Evaristo é da Marinha, faz estágio no Norte, a mulher ficou sozinha com os dois filhos. Rosnam contra a mulher. O maiô de duas peças é olhado e milimetrado.

— Tudo de fora.

— Com aquela barriga eu não botava um assim.

— Boas ancas.

Cláudio ouve comentários, olha-a com novos olhos. Há tempos, ela andara se oferecendo para o lado dele, cheia de sorrisos, encontros casuais dentro d'água, bem nas barbas do marido. Cláudio não ligara, ela foi cantar noutras paragens, ganhou caldo e experiência, ficara boa, igual às mal casadas, às veranistas que viriam veranear mais tarde.

Agora faz sucesso na praia e Cláudio sente-se vagamente roubado em não sabia em que direito ou lugar.

Comentam o ladrão. Haverá uma reunião com o delegado do Distrito, serão tomadas providências públicas e particulares que o caso está a exigir. A reunião será na boate em frente à casa do Andrade. As medidas devem ser severas e peremptórias — é o pensamento geral.

— O ladrão já roubou alguma coisa?

Olham Cláudio espantados, cara de escândalo:

— Nem precisa roubar!

Cláudio desculpa-se, chega tarde em casa, não tem tempo para saber o que se passa.

— É melhor andar informado!

Dona Palmira, mulher do espanhol que canta *Los Voluntarios de Madrid* dentro d'água, o mesmo que afirma ter conhecido García Lorca na Revolução, diz que o ladrão é um tarado sexual, quer é mulher.

— Talvez seja apenas isso — Cláudio concorda, procurando esconder o que se passara com a cunhada, providência inútil, percebe que todo mundo já sabe das praticanças noturnas do ladrão pelas bandas de sua casa. Tanto a cunhada, como a neta do Paterone, os brotos mais em evidência da topografia local, já receberam visitas semelhantes, os punhais de fogo cravados na carne. O ladrão demonstra bom-gosto — é o pensamento do espanhol que não se alarmou ainda, não jorrou sangue, o negócio só ficará feio quando correr *sangre*, muito *sangre*, ladrão, ficaram sabendo por ele, era um que havia em Valença: roubava uma casa e depois estripava os donos, de uma vez só matou oito.

Renata e Valéria se aproximam da roda. Cláudio retira-se com elas, evita que as meninas se alarmem. Sente que um dia será inútil mantê-las longe do cerco, cada vez mais o ladrão penetra no cotidiano da ilha.

Arma sua barraca no mesmo lugar onde Marcela armava a dela, no último verão. Marcela no maiô grená. Sente o desejo subindo pelo corpo. Cai n'água, para esquecer.

Arrumaram as cadeiras na boate em forma de auditório, juntaram três mesas pequenas para formar uma grande, cobriram com a bandeira nacional desbotada que seu Jair guarda desde os tempos do Arsenal de Marinha, colocaram cinzeiros em cima e um copo d'água. Mas o próprio seu Jair, que varreu a boate, tomou o copo d'água e deixou-o em cima da mesa, vazio mesmo.

Em frente ao copo, no lugar de honra, sentou-se o delegado. A seu lado, as pessoas gradas do lugar. O major da Rua Guiricema não comparece, esperou ser chamado para chefiar a reunião, ser o cabeça do movimento, mas ninguém se lembrou dele. Seus planos, que foram os primeiros a ser adotados, revelaram-se inúteis, houve até aquela noite da gargalhada, o ladrão parecia estar zombando da estratégia do major, foi deposto tacitamente, embora rosne e ameace fazer oposição a qualquer plano que venha substituir ao dele.

O resto do rebanho espalha-se pelas cadeiras, não há casa da redondeza que não mande um ou mais representantes. Cláudio chega atrasado, mesmo assim presencia a assembléia, uma vez que a primeira meia hora é gasta em balbúrdia, é a primeira vez que tantos semiconhecidos se reúnem assim, as línguas se soltam em regozijo por nada mesmo, por estarem todos reunidos.

Mas o delegado bate com a caneta-tinteiro no copo vazio pedindo atenção e silêncio. Dá a palavra ao velho Andrade, eleito relator-geral da matéria.

Faz um histórico bem amplo. De uns tempos a esta parte o sossego local é perturbado pela presença de um indivíduo misterioso que passa pelas ruas horas, pula as janelas para espiar as mulheres dormindo, escala muros, árvores. Seu Jair solicita aparte: acrescenta que o ladrão sobe também nos postes. Com o fura-bolos aponta o poste em frente à boate:

— Sobe sempre naquele ali, para olhar a casa do Andrade!

O delegado toma nota da informação num caderninho vermelho — fato que torna seu Jair importante aos próprios olhos e aos olhos de todos.

Encorajado pelo sucesso de seu Jair, Tartaruga pede a palavra para dar conta do incidente da praia, os pulos do ladrão, o pedaço de remo com que escrevera qualquer coisa "cabaslística" — erro que o velho Andrade ajeita logo depois. Valorizando a informação, Tartaruga solicita os bons ofícios de seu Jair. Do alto de sua repentina importância, seu Jair precipita-se em ajuda ao Tartaruga. Fala de suas consultas ao astral. Querem saber o resultado final, o positivo, o pão-pão-queijo-queijo, mas seu Jair desconversa, não pode, é coisa muito transcendental, só diria à polícia e em sigilo; por ora ficassem todos sabendo, o remo tinha mistérios além da vã filosofia.

O delegado pede o remo para exame no Instituto de Perícia Técnica, seu Jair promete levar no dia seguinte, tem de ir à Boca-do-Mato, o remo está em complicado trabalho de descarga. Andrade pondera a inutilidade de novos exames, acha o assunto secundário, a única pista que o remo podia dar — as impressões digitais do homem — está invalidada, até mão de defunto tinha agora — disse, em direção de seu Jair.

— Exijo respeito à minha religião — seu Jair passa recibo.

— Não estou zombando de religião nenhuma, digo que o remo tem mão de muita gente, até dos defuntos das sessões espíritas...

— Nas sessões espíritas não há defunto nenhum!

— Então o que há?

O delegado serena os ânimos, Andrade continua no bom-senso, deste ou de outro mundo não é pelo pedaço de remo que o ladrão será identificado ou preso. Considera qualquer atenção a fatos secundários ou marginais prejudicial ao caso, o preço da tranqüilidade de todos deve ser e é a eterna vigilância! (palmas.)

Debate geral. O delegado pergunta se há suspeitos. Um mar de suspeições. A maioria dos malandros locais e das adjacências é evocada. De admirar a defesa que muitos nomes obtêm. Ao fim de uma hora sobra um nome, o único suspeito que só encontra acusadores.

Mixole.

Explicam: um rapaz desdentado, magriço, atendendo pela alcunha em vista de sua semelhança com o peixe de igual nome. O filho do velho Paterone, que estuda nas Belas-Artes, descreve-o como um El-Greco de *short*, amulatado e vagabundo. Embebeda-se pelo carnaval — dizem —, façanha que repete às sextas-feiras-santas, no Natal, no ano-bom, nos dias de anos dele, nos da mãe e em todos os demais dias em que tem vontade e dinheiro para isso — o ano todo. Briga às vezes por motivos tolos, já enfiou remo na cabeça de um galego por causa de alusões. Bêbado ou não, está sempre pela praia, ou dormindo nas canoas da praça, sob a sombra das amendoeiras.

A salva de palmas coroou o delegado quando é dada a ordem:

— Tragam-me este meliante à minha presença!

Cláudio não gosta do *meliante* e resolve estragar a festa. Até então não participara dos debates, nem luz tinha a derramar sobre o assunto. Mas aquilo lhe parece um absurdo. Faz notar o despropósito entre os depoimentos das pessoas que já haviam visto o ladrão e a figura de Mixole. Apela para o sogro e para seu Jair, o ladrão deve ser um sujeito assim como ele próprio, só que extraordinariamente ágil. Fala da noite em que quase o velho Andrade metelhe bala na escuridão. Ora, Mixole é alto, magro, dá a impressão de uma tábua de passar roupa — folha seca que o vento leva, sem rumo, sem peso.

Olham espantados para Cláudio. Seu Jair informa, Cláudio tem uma ponta de razão, o homem que ele vira em cima do poste era diferente de Mixole, mas à noite todos os gatos e ladrões são pardos, não era argumento.

Tartaruga também deita luz sobre o assunto, o sujeito era sólido, bem alimentado, assim do tipo de Cláudio, mas um raio para correr e sumir de repente.

— É de circo!

O velho Paterone pega no ar a palavra circo. E como há um no Tauá, a lhe fazer concorrência na féria do cinema, lembra que o ladrão talvez seja algum dos figurantes. O espetáculo termina tarde, justamente quando o ladrão costuma aparecer. Pode ser algum artista de lá que, para se distrair, faça aquilo. "Pessoal da ribalta não presta" — diz o Paterone querendo falar difícil, gente nômade, sem raízes, bem capaz disso, aparecer e desaparecer, trepar nas árvores — postes! emenda seu Jair — dar cambalhotas na areia, é alguém de lá com toda a certeza.

O delegado promete tomar providências.

As discussões ameaçam prosseguir, infindáveis. As senhoras se retiram pouco a pouco, os homens vão ficando para manter aceso o fogo sagrado.

Cláudio sente sono, boceja diante dos depoimentos de cada um, todos procurando juntar um pormenor importante mas repisando nas mesmas teclas, usando as mesmas palavras. Tem um compromisso cedo para o dia seguinte, já dera seu testemunho sobre o caso, limitado àquela defesa de Mixole, ninguém daria pela sua falta.

Amanhã saberá as novidades, que deverão ser poucas agora, os debates se encerravam, a reunião se limitava à eleição de uma

Junta Civil de Operações, encarregada de estar em permanente contato com as autoridades policiais.

O velho Andrade vai até em casa, apanha cinco garrafas de uísque, a mulher leva os copos e o balde com gelo. A bebida vai consolidar os bons propósitos. Logo se ouvirá Tartaruga altear a voz e narrar suas façanhas de ex-boxeador, o nocaute que deu num bamba de Nova Iguaçu, Tempestade alcunhado.

Cláudio toma banho e veste o pijama. Faz calor, despe o pijama e bota *short*. A mulher já dorme. Renata e Valéria de cada lado, um sono profundo e gostoso em três rostos adormecidos que não haviam perdido tempo com a reunião da boate. Crime tirar as crianças dali. Deixa-as e vai para o quarto das bonecas, procura a cama de Renata, deita-se.

O sono pesado toma conta de seus membros. Ainda acordado — segundo pensou no dia seguinte — sente um choque bem no fundo da cabeça. Vê um disco cor-de-laranja passar rodando pelo teto. Depois não lembra mais nada. Dorme pesadamente.

Vozes vindas da boate. Arrisca um olho. O dia inteiro ali nas paredes, nas bochechas coloridas das bonecas. Olha o relógio, quase sete horas, sente ter perdido o compromisso na cidade.

As vozes da boate continuavam, um burburinho igual. De início não compreende, impossível que a reunião continuasse até aquela hora. Mas continua. Falam todos, um rebuliço dos diabos pela Rua Bojuru.

Mal passa o pente nos cabelos e desce. Encontra a mesma turma reunida. Todos exaltados, inclusive o delegado, que se faz acompanhar de policiais armados até os dentes. Por um momento pensa que prenderam o ladrão, mas não.

Eleita a Junta Civil de Operações, quando já se despediam, o uísque do velho Andrade incentivando a fraternidade do fim-de-noite, as piadas sucedendo ao assunto sério — seu Jair deu um berro em pleno salão. Olharam para o dono do berro e o viram apontar o dedo em direção à noite, mais exultante que medroso.

— Olhem ali em cima do poste!

Em cima do poste lá estava o vulto habitual, seguro por uma das mãos — o relatório do delegado falou em "garras" — a outra a fazer gestos obscenos, ora, bem obscenos, concordavam todos.

Parecia coisa de outro mundo, ninguém mais duvidou. Sentia-se apenas a forma, um homem, não um bicho nem uma pedra. Não se distinguia mais nada. Como que a aparição era envolvida por uma bolsa de negrura.

— Assim como os santos têm aquela luz branca, a luz do ladrão é preta! — seu Jair explicava.

— O senhor já viu algum santo?

No poste havia um vulto encapuzado em manto de sobrenatural negrura, a impedir qualquer identificação, ninguém poderia precisar se era branco ou negro, alto ou baixo, gordo ou magro.

Dentro da boate foi um ameaço de pânico. Chegaram-se perto uns dos outros. Tartaruga, pelas cautelas, reservou-se mentalmente um lugar embaixo da mesa, no caso de uma debandada geral, coisa que podia ocorrer de uma hora para outra, bastava que o ladrão desse um berro ou ameaçasse isso.

O velho Paterone ia dizer:

— É mesmo de circo!

Mas estancou. Não, em circo nenhum havia daquilo.

O delegado torceu os bigodes, pois os tinha, e fartos, à maneira de ator mexicano, com a mão no cabo do revólver intimou a que a aparição descesse:

— Desça! Em nome da lei, desça!

Mas o ladrão não revelou o menor respeito pelo nome da lei. Continuou lá em cima, a fazer gestos cada vez mais obscenos.

A coragem faltou. Eram trinta homens ao todo, a maioria armada, se quisessem podiam aclarar todas as dúvidas, bastava rodear o poste. Mas o medo funcionou, prendendo as pernas de todo mundo e soltando a imaginação dos que a possuíam:

— É o demônio!

O velho Andrade foi o mais resoluto. Tirou um revólver do bolso das calças e fez fogo. O tiro nem ameaçou. O ladrão fez mais um gesto para os da boate, como pluma caiu ao solo. Um gesto ainda — o mais obsceno de todos — e sumiu pelo muro de fícus da casa do seu Amadeu.

Aí todo mundo deu tiro. Para cima, para baixo, para os lados, a coragem retornou furiosa, o muro de seu Amadeu ficou furadinho, seu Jair leva Cláudio para mostrar as mossas.

O delegado encontrou seu sangue-frio. Deu ordens, ameaçou ir ao ministro da Guerra, telefonou para a cidade, pediu radiopatrulha, um grupo de antiaérea do Exército veio iluminar as sombras do céu e da terra. Grossos focos de luz varreram as mansas trevas da Ilha. Jornalistas chegavam, o caso ameaçava fama.

Quem não mais ameaçou foi o ladrão. Desapareceu tão misteriosamente como aparecera. Não deixou pista. Apenas seu Morais, morador ao lado do velho Andrade, disse ter ouvido passos suspeitos na calçada da Rua Chapot-Prevost, onde não havia ninguém de alerta. O velho Andrade pergunta a Cláudio se ouvira qualquer coisa de anormal. Não, não ouvira passos nem tiros, dormira pesadamente.

E o ladrão mais uma vez engana a todos.

É organizado um plano fantástico para sua captura. Há agora o representante da lei e do Estado a oficializar o pânico. Uma coisa parece certa: o ladrão namora o trecho. Não atua em nenhum outro ponto da ilha. Qualquer mistério o prende àquelas ruas.

Em vista disso, e em face de ser relativamente pequeno o trecho em questão, a primeira medida aprovada foi a de entrincheirar tudo. Das sete da noite às sete da manhã, a zona será declarada militar, com legislação própria, ninguém poderá entrar nem sair, cada casa será guardada por um policial, os telefones entrarão em regime de censura.

Andrade — eleito presidente da Junta Civil — expôs o caso de Cláudio: chega sempre tarde, tinha de obter um passe especial. Dão-lhe passe geral: cada dia, ao sair de casa, terá de rubricá-lo com o oficial-de-dia do Posto Central, que funciona na boate que, por sinal, recebe a designação de Quartel-General. Não só carimbarão a data como darão a senha do dia.

— Qual a senha para hoje?

— Cruz de Cristo.

Jornais abertos nas bancas, Cláudio olha fotografias de sua rua. Ângulos de sua casa — sente-se profanado, violado. Em foto quase do tamanho da página lá está o poste fatal, inclinado. Uma seta e a linha pontilhada indicam onde estivera agarrada a *aparição* — os jornais não falam em ladrão.

Seu Jair pontifica num quarto de página interna. Um jornalista descobrira o veio mais substancioso, deu-lhe corda e o homem falou. A cara familiar do vizinho, suada, esbaforida, trêmula pelos acontecimentos, com o mesmo blusão de xadrezinhos amarelos e pretos com o qual vai todas as manhãs pechinchar pescado na praça.

A fotografia mostra-o em atitude teatral, o dedo em riste, parece dizer: eu acuso! Mas não chega a acusar ninguém. Identifica-se como funcionário aposentado do Arsenal de Marinha e aproveita a oportunidade de estar falando à plebe para apelar às autoridades competentes no sentido de obter os adicionais que complicada portaria dava a uns e negava a outros.

Cláudio fica sabendo que seu Jair cursou até o 3º ano de direito, usou muito a palavra hermenêutica e Cláudio guarda a palavra para sugeri-la como senha qualquer dia desses.

Curiosos lêem as notícias:

— Está dando aparição na Ilha!

— Isso é malandro!

— A culpada é a ponte!

O sujeito afirma ter morado na Ilha, culpa da ponte, antes era um paraíso, sem malfeitores, a ponte trouxera a maldade do continente, estragara tudo, por ela passavam a qualquer hora do dia ou da noite os vagabundos, os ladrões, os assassinos. Antigamente havia as barcas, a velha *Quinta* que levava mais de uma hora para ir do Faroux à Ribeira, andando sempre adernada, ameaçando naufrágio. Nas longas travessias todo mundo terminava conhecido e compadre, as viagens depuravam os maus elementos, os suspeitos não se atreviam, depois da meia-noite não havia mais barca, a fuga impossível.

Outro camarada pondera, sendo a aparição do outro mundo, não necessitava de ponte para chegar até a Ilha. Mas a ponte tinha a culpa mesmo, por ela passara a maldade, a impureza do mundo — a aparição era decorrência — o homem parecia entender do assunto.

Um mulato coopera com suas luzes. Lera as declarações de seu Jair, está bem-informado, fala em macumba, conhece casos análogos acontecidos em Minas, em Minas há muitas aparições.

Com a chegada dos vespertinos a notícia continua a merecer destaque. Ganha meia página em vários deles. Seu Jair tem menor acolhida, é citado incidentalmente, sem as honras do retrato. Em compensação, o delegado pontifica com solenidade. Seu depoimento é assombroso: descreve a aparição como "corpo gelatinoso, semifluido e escuro, movendo-se disforme em círculos concêntricos".

Um jornal, em vista desses círculos concêntricos, chega a lembrar a hipótese de tripulante de disco-voador. Cita autoridades navais que atestam ter um corpo estranho e não-identificado se desintegrado no ar, nas imediações da Ilha do Rijo, a nordeste da Ilha.

O órgão da reserva moral da nação trouxe a palavra autorizada da Igreja sobre o assunto. O cardeal não pudera ser ouvido, estava pregando retiro espiritual para as freiras agostinianas, o jeito foi o arcebispo-auxiliar entrar na dança, aliás, entrava em tudo o que era dança, dava palpite sobre concurso de misses, resultados de futebol, marcação-por-zona, reforma agrária, política cambial, cultura de cacau, lavoura do açúcar, relações com a Rússia — não perde oportunidade, faz um relato sobre aparições. Como o espaço do jornal é insuficiente para todas, pula do Tabor para a Ilha do Governador, afirmando que na maioria dos casos elas se prendem a missões destinadas à Revelação ou à Redenção, não pode adiantar nada por ora, a Santa Madre é sóbria e cauta nessas questões, mas aproveita para apelar no sentido de que todos cooperem com a Campanha Financeira de São Camilo de Lélis.

— Cruz de Cristo!

Cláudio chega e o soldado barra sua entrada, o fuzil em diagonal com o corpo.

— A senha não é mais essa.

— Foi a que me deram.

— Só vigorou até as seis horas. Agora é outra.

— Como vou adivinhar?

— O problema é seu.

— Chame o oficial-de-dia.

Vem o oficial, toma conhecimento do fato, deixa Cláudio passar.

— Mas olhe, amanhã são duas senhas também.

— Qual a primeira?

— Sete-Flexas!

— A vela a Deus e ao diabo.

— Não brinque. Isso é sério, até o Exército está preocupado!

— Não estou brincando. Eu também me preocupo.

O ladrão deve andar assustado com o pé-de-guerra instalado — é o que pensa seu Amadeu. Que por sinal, prefere esperar pelo inimigo sozinho, decidir a luta no peito ou no tiro. Os soldados agora atrapalham tudo, depois das nove horas da noite o obrigam a ir para casa, só pode vigiar o próprio quintal, mesmo assim de dez em dez minutos a patrulha passa pelas cercas, manda grossos holofotes perquirir as sombras, a copa das árvores, seu Amadeu tinha de abandonar o esconderijo e vir ao portão, para evitar confusão, a luz pode dar com ele em cima da jaqueira ou do pé de carambola, fariam disparos, ele morreria ingloriamente, sem ter posto a mão no ladrão.

Outro que não gosta dos soldados, o Tartaruga. Apesar de forçar amabilidades, ter convidado o sargento que dá serviço na zona da praia para experimentar umas abrideiras, é obrigado a se recolher cedo, com mesa da Brahma e tudo.

— Isto está virando colégio interno!

Mesmo assim, por ter servido há tempos no Corpo de Fuzileiros Navais, obtém permissão de integrar uma patrulha. Tem ponto na própria casa, vigiando o trecho compreendido entre o caminho que vai para a praia do Barão e o primeiro poste, fronteiro à Rua Chapot-Prevost. Um dos trechos mais densos — é seu Jair quem classifica.

Dá serviço todas as noites. Dorme todas as noites. Única ocorrência anotada: Mixole nadando, manhãzinha já, em direção ao *Rex.*

— Nada mais, seu Tartaruga?

— Bem, vi uma estrela cortar o céu e sumir.

— Da próxima vez faça um pedido.

Cláudio vira a mesma estrela e não fizera pedido algum. Mas agora seria capaz de pedir qualquer coisa ao próprio demônio.

"Vou cortar os pulsos se Marcela não chegar daqui a cinco minutos."

Cláudio andando como louco pelo apartamento que mantém com Denis. Marcara com Marcela bem cedo, desde domingo que a deseja com uma ponta de desespero, quando armara sua barraca no mesmo lugar em que ela armava a dela, durante o verão. Marcela demora, duas horas já, mais 15 minutos, mais dez, Cláudio impaciente, vou fumar este cigarro, se chegar ao fim e ela não vier, vou embora, fuma cinco cigarros, fuma metade do maço, o maço inteiro, e ele grudado na porta, qualquer barulho do elevador, um ranger de portas e o coração aos saltos, o sangue estourando nas veias, também se ela vier vou aproveitar bastante, depois a mandarei embora, romperei de vez, o elevador subia, vou contar três subidas do elevador, se até a terceira ela não aparecer dou o fora. Acha especialmente cruel a espera no próprio local do sacrifício, há aquele cheiro, não se pode olhar um quadro, a cama vazia corta-lhe a carne, e a angústia (ela virá? vou me vestindo bem devagarzinho, assim passa o tempo, de repente resolvo ir embora e já estou pronto) mas fica com a gravata nas mãos, amassando-a, como corda. Os ponteiros do relógio, impossível, já são três e meia, hora justamente em que começamos a nos preparar para ir embora depois das tardes em que tudo corre bem, quinze para as quatro e o elevador sobe mais uma vez, Cláudio suspende a respiração, vai parar no andar, passa, pára no andar de cima. Talvez venha pela escada, o ouvido à porta, ninguém desce a escada, a porta do andar superior fechou. Já o elevador sobe para mais alto.

Em cima da mesa o pequeno presente que comprara para ela. Vontade de jogar fora o embrulho. Vai até a janela, ameaça o golpe e vê o táxi virar na esquina, diminuindo a marcha. Pelo jeito do carro diminuir a marcha, Cláudio sabe, é ela.

De início Marcela é carinhosa, lisonjeada pela lembrança ou querendo compensar a longa espera. Dá-lhe um beijo bem aguado, daqueles que ela usa nas tardes de maior abandono. Cláudio não suporta o beijo, agarra-a com alguma violência, beija-lhe as pernas, os joelhos. Talvez tenha feito ou dito alguma besteira: Marcela de repente o encara, com raiva:

— Não gosto dessas coisas!

Amarra a cara, o nariz afila, "ficam pontiagudos os narizes das amadas quando estão emburradas", depois é a guerra minuciosa, ela aproveita o pretexto ou a falta dele para reclamar de faltas passadas e futuras, quatro horas só ódio entre eles. Lava as mágoas, acusa-o de simples animal, de escravo da concupiscência.

— Mas eu passo a semana inteira esperando pelo nosso encontro! Que mal há nisso?

Que só queria seu corpo, já não a amava mais, como nos primeiros tempos, só a procurava por causa *daquilo*.

— Desprezo os concupiscentes!

O concupiscente resigna-se, há que ladrilhar as mãos de paciência.

Acaba que Cláudio fica irritado. Vendo os minutos passarem, quando constata que não há tempo para a reconciliação, faz o machão, leva a briga a sério.

Na hora de sair, ela estende-lhe a mão. Tenta ser amável, chega a sorrir. Mas Cláudio vai até o fim do ódio. Não a acompanha até a porta. Ela estende a mão novamente, com amizade:

— Não, Marcela, hoje não!

— *Senza rancor?*

— Odeio trechos de ópera!

Ofende-se com a brutalidade. Sai furiosa, possuída de ódio novo, depois telefona, mal chega em casa. Sabe que Cláudio ficaria no apartamento, bebendo. Chora ao telefone, flagela-se. E, pela primeira vez, fala claramente:

— Eu te amo, imbecil!

Desliga imediatamente. O imbecil telefona logo em seguida, ela mesma atende, fazendo voz diferente:

— Marcela? Marcela morreu!

— Deixa de bobagem, não estou brincando!

— Nem eu.

Bate novamente com o telefone.

"Marcela me intriga. O dia em que a entender talvez deixe de angustiar-me por sua causa. Encontrada a chave com que se decifra o enigma e o amor é morto. E mortos são os tempos, as armas e os barões assinalados."

Senha do dia: *Os Barões Assinalados*.

Ameaça epopéia o ladrão da Ilha. Tartaruga é ouvido pela reportagem de um jornal, narra o incidente da praia com pouca imaginação e muito terror, é dos que acreditam no sobrenatural, tem a aparição como trabalho de macumba.

Formam-se opiniões acerca da procedência e das intenções do ladrão. Três são as correntes principais. A primeira, liderada pelo seu Jair e pelo Tartaruga — teórico e prático da seita — invoca abertamente o sobrenatural, é algum trabalho pago em macumba forte. A segunda, aventada por um jornal especializado em fantasias, opina pelo disco-voador desintegrado na ilha do Rijo. Mantém a chama do interesse, faz questionários, dá relatórios de discos iguais surgidos em outras partes, alude a previsões de profetas e do próprio Apocalipse, traz depoimentos de astrólogos e desocupados que descrevem as funções digestivas dos marcianos, o peso do fígado dos venusinos. Para eles, um tripulante escapou da destruição do disco e anda pelas ruas da Ilha à procura de condução de volta a seu planeta de origem.

Finalmente, a opinião mais simples e sensata, defendida pelos homens sem complicação, como o velho Andrade, o velho Paterone, seu Morais, seu Amadeu, a grande maioria enfim: o ladrão é mesmo de carne e osso, possuidor de alguma tara não de todo identificada ainda, mas na certa repelente.

O aparato militar vai diminuindo. Os holofotes são retirados, missão mais importante os chama para iluminar o cibório da Candelária no *Te-Deum* de ação-de-graças pelo aniversário do senhor ministro da Guerra.

A Ilha e suas trevas voltam à placidez habitual. Resta ainda muita coisa, de 200 em 200 metros há soldados embalados. Em cada rua uma radiopatrulha estacionada. A Junta Civil sempre atenta, confraternizando com a tropa. Há que manter o fogo sagrado, se os civis esmorecem, os soldados acabam indo embora.

Seu Jair compra um binóculo Zeiss-Ikon, sonda pacientemente as trevas. O velho Andrade adquire mais revólveres, da noite para o dia torna-se no homem melhor armado de toda Ilha. Insiste com Cláudio para que aceite um calibre 32. Cláudio dispensa o calibre 32.

— Olha que é uma segurança!

— Já tenho a minha segurança.

— Faca?

— Um tijolo.

— Você zomba de tudo. Um dia termina mal!

— Não estou zombando. Não aceito o calibre 32 por um motivo simples: não posso andar armado. Alguma coisa aqui dentro me impede isso.

— Seja como for, o dia em que precisar é só pedir.

Não apanha o revólver mas passa a noite acordado. Muito barulho nas ruas, não tem outro jeito, nem vai para a cama. Ronda os diversos postos em companhia do capitão que comanda a tropa.

Acontece o baile da boate dos sábados, suspenso há meses. O capitão não vê nenhum inconveniente no baile, com ou sem ele o ladrão pode aparecer ou não.

O baile anda animado, alguns soldados dançam, Cláudio vê o sargento bebendo cerveja com seu Amadeu. E a boina de seu Jair rodopiando pelo salão, Zeiss-Ikon a tiracolo, *la cucaracha, la cucaracha, tatata tatatatata.*

Vai ver o dia nascer da praia.

Tartaruga, fiel a seu posto de observação, berra um "quem vem lá" solene e desnecessário.

O baile da boate acaba. Os músicos passam em serenata rumo à praça, para o primeiro ônibus do dia. Cantam, os violões gemendo:

Quando a lembrança com você for morar,
e bem baixinho, de saudade você chorar,
vai lembrar que um dia existiu
um alguém que só carinho pediu,
e você fez questão de não dar,
fez questão de negar...

O sol nasce, lá longe, lá para a foz do rio Suruí. Da praça saem as primeiras canoas para o mar alto, velas se abrem, pálidas, contra o sangue da manhã nascente.

Enxotado da *Magnólia*, Mixole passa por Cláudio, cambaleando, perplexo diante do sol. A primeira barca de Paquetá passa ao largo, ruminando vagarosamente o carvão de suas caldeiras, o fumo negro subindo contra o céu.

E longe, o faroleiro do Xeréu apaga seu facho vermelho. Suas pombas brancas saem voando, em busca do azul.

A noite em claro não fica impune. Cláudio arrasta-se a manhã inteira, mau humor terrível, é áspero para com as meninas, com a mulher, vontade só a de dormir um sono que dure cem anos, como o da Bela Adormecida.

A mulher pede para ir a Copacabana, buscar umas plantas em casa de uma prima. Cláudio não gosta de descer aos domingos mas não diz nada, querendo ser gentil.

Chegam de Copacabana, já a noite descendo sobre a baía. A mulher e as crianças vão deitar cedo, Cláudio arruma papéis, dá tempo a que as meninas durmam e vai procurá-la. Mas ela dorme, entre as filhas. Parece uma menina quando dorme — Cláudio descobre que não a estragou de todo ainda.

Sozinho, em frente ao espelho do banheiro, o único que sobrou pela casa, Cláudio apalpa a própria cara, como quem espreme massa de fazer pão. Sente-se estúpido. A três passos de si, dormindo em sua cama, mãe de suas filhas, uma mulher que faria qualquer homem feliz. "Eu podia ser diferente!" A vida talvez fosse melhor para todos.

Espia a própria cara com atenção. Não a conhece bem ainda, volta e meia surpreende um rosto estranho no meio dos amigos: demora a descobrir o espelho em frente.

Acha ridículo que as filhas gostem de um tipo com aquela cara. Desconfia das mulheres que o amaram. A cara não ajuda, abobalhada e digna de chifres, como diz Marina nas horas de raiva. Lília gosta dela porque se parece com a de um cigano. Irene por causa do mistério que há nos olhos. Marcela, a mais prática, talvez a mais sincera, por nada mesmo, porque aconteceu.

Parece um sujeito enorme, um urso grande e desajeitado, manso talvez. Quem diz que este urso disforme se agoniza por causa de um perfume, de uma canção?

"Luxo inútil ter problemas!"

Descobre que a vida interior talvez seja para justificar o urso. Por que o urso? Para quê?

Escova os dentes — mutilar a cara não adiantaria, o urso ficaria mais feio e mais sofredor. A espuma branca contra a louça do lavatório. Gosto de hortelã na boca.

— Quem sabe se fazendo algum barulho ela acorda?

Súbita pena pela mulher. "Não, vou deixá-la dormir, guardarei o desejo para mais tarde, fixado. Quando a desejo, não adianta procurar outra mulher na rua, nem Marcela, nem Irene, ninguém adianta. O diabo é que as recíprocas são verdadeiras!"

Apaga o apartamento inteiro. E no escuro, dolorosamente lúcido pelas sombras, pervaga de cômodo em cômodo, procurando não sabe o que nem para quê.

Araújo andou afastado da Ilha uns tempos, finalmente reaparece, depois de quatro meses ausente, motivo de doença e morte, uma avó.

Estranha o pé de guerra instalado. No primeiro momento pensa em voltar. Ficou. E apesar de ainda nada ter visto, informado apenas por versões contraditórias, já formou opinião a respeito: engrossará as fileiras dos que acreditam no sobrenatural, com pequena e justificada variante: não se trata de espírito em trabalho de macumba. É pura e simplesmente uma alma penada, sem interesses escusos, fazendo a arte pela arte.

Cláudio explica, entra em detalhes para convencê-lo do absurdo da opinião: o sujeito sobe nos postes, faz gestos obscenos, gosta de ver as mulheres dormindo, principalmente as gurias mais apetitosas do lugar. Pode ser coisa estranha, esquisita, talvez misteriosa, mas de carne e osso, mais carne que osso até.

Araújo teima. Vai buscar substância numa lenda da qual ninguém mais se lembra, conhecida através do relato de seu Amadeu, caso escabroso, carro-chefe das histórias de seu Amadeu.

Seu Amadeu é o morador mais antigo das redondezas, conheceu as ruas quando tudo não passava de um vasto areal. Sabe da vida de todo mundo, as genealogias oficiais e clandestinas, as taras de cada um, a crônica jurídica, moral e econômica de cada família, o podre de todos. Vagabundo profissional, chegando aos 55 anos sem outra função que não a de viver da renda da esposa, é homem adequado à função de contador de histórias: não tem imaginação, mas tem maldade; não tem observação, mas perfídia. Na opinião geral da Ilha, essas qualidades podem fazer a glória de um historiador.

E a melhor história de seu Amadeu é um episódio que nem mesmo ele, Amadeu, lembrara-se para explicar o ladrão.

Há tempos, muitos anos mesmo, morreu um pescador em condições misteriosas. Um rapagão de seus trinta anos, forte, bem-disposto, dono de um barco que até há pouco apodrecia na areia, semi-enterrado.

Saiu certa manhã, e sozinho, como de hábito. Ou o excesso de sol mais rigoroso, ou outra coisa qualquer — e o rapaz baqueou. Tentou voltar à terra, mas a morte foi mais rápida: caiu de borco contra o fundo da canoa.

Levou dias assim, insepulto, castigado pelo sol e pela chuva, pelo calor dos dias escaldantes, pelo frio das noites de viração cortada. A canoa não dava nunca à praia, a maré trazia-a próxima e a afastava outra vez, para o meio da baía. O cadáver queria um pouco de terra para ser enterrado em paz — parecia — ou que uma onda mais forte o sepultasse no fundo do mar. Mas a natureza respeitava aquele corpo, judeu-errante do outro-mundo, nem mar nem terra o queriam para transformá-lo em limo ou alga.

Passados muitos dias, a canoa deu finalmente em terra, bem no trecho em frente à Rua Bojuru. Mas o corpo estava tão estragado e a Ilha era tão selvagem ainda, que lá ficou, sem ninguém para dar fim àquela carniça macabra.

Um dia, quando os moradores acordaram, correu a notícia: o corpo do rapaz havia desaparecido. Foram espiar: a canoa lá estava, no mesmo local, meio de lado. Nenhum vestígio do corpo. Nem mesmo um cheiro, parecia que haviam lavado o fundo do barco com desinfetante.

As marés chegaram e se foram, subiram e desceram, enchentes e vazantes cobriram e descobriram o barco. As ventanias levantaram a areia e sepultaram o barco quase todo, só ficou a ponta da proa e o redondo da popa do lado de fora, apodrecidos. Quando o velho Paterone mandou abrir a atual Rua Chapot-Prevost, desenterraram o barco. De podre, a água o levou.

Até hoje ninguém conseguiu explicar o que houve e o que não houve. Virou lenda.

Ninguém dera importância à lenda, o mar tem tantas, desde os fenícios, de Homero a seu Amadeu o mar nunca fez outra coisa senão gerar lendas.

Mas Araújo teima, arregala os olhos, para ele está claro — é a alma do rapaz que ronda, insepulta — as almas pedem túmulos também — as mesmas redondezas, em busca do corpo desaparecido, na certa profanado.

Com isso, Araújo só faz uma coisa aproveitável: traz problemas de consciência a seu Amadeu. Como responsável pela lenda, considera-se obrigado a prestigiá-la. Luta contudo em seu íntimo contra a certeza de que o ladrão é coisa deste mundo mesmo, Seu Amadeu é homem que não acredita em fantasmas, nunca lutou contra um.

E fazendo rebelião coletiva, num dia de feriado, as empregadas da casa do velho Andrade se foram sem a consideração de um aviso-prévio. Aquela gente toda passa mal sem elas, três famílias reunidas numa só, precisam de um mínimo de cinco, pois as cinco se foram: acordaram e não havia uma para o café.

Escalaram tarefas caseiras. Tentando ser esperto, Cláudio leva as meninas para um giro pela praia, demora o passeio, dando tempo a que o grosso do serviço seja feito pelos outros. Quando volta, quase meio-dia, julga encontrar a mesa pronta para o almoço. Encontra é a mulher dando duro na cozinha, abrindo massa para os pastéis.

Tenta ajudá-la. Para que não o leve a sério, diz que está com fome, ajuda para apressar. Não quer que ela saiba que o faz pelo prazer de ajudá-la. Ela não entende, pensa mesmo que é a fome.

Motivo de escândalo quando o vêem abrindo massa para pastéis. Chegam à cozinha para espiar o impossível, o deus enjaulado. A sogra traz as meninas pela mão para testemunharem o espetáculo: o Dalai-Lama dando banho nos cachorros do Andrade não causaria tamanho efeito.

Pior faz um dos cunhados. De balde e vassoura lava o quintal, os três automóveis da família, dá banho nos ditos cachorros. Mas ninguém se importa com ele.

Cláudio gosta da novidade: sente prazer em espremer a massa viscosa, faz força, o rolo vai e vem, humilde, submisso à sua força. "Ridículo o rolo, e no entanto pode-se matar um homem com ele. Uma pancada bem forte na nuca e pronto, do crânio sairá pasta igual à do pastel, mais amarelada, suja de sangue talvez."

O pensamento dá-lhe súbito nojo pelos pastéis.

Mas o capitão que comanda as operações vem almoçar com os Andrades, faz honra aos pastéis. Come metade da travessa, o desgraçado lembra-se da mãe, ela os fazia admiravelmente bem.

Entre um pastel e outro chegam as novidades. Vão suspender as operações, o capitão diz: "as manobras serão suspensas." O major da Rua Guiricema fazia forte campanha contra todos, movido pelo despeito, estomagado com vizinhos, policiais e colegas da farda que não o levaram em consideração. Conseguiu camaradagem com um jornal interessado em demolir as instituições, derramou sua verdade sobre as ocorrências da Ilha.

Não havia ladrão nenhum. Havia era pretexto para bacanais regadas a cachaça e a mulheres. O fato de ter um delegado da polícia, uma autoridade constituída, presenciado a aparição, não significava nada. O mesmo jornal publicou uma fotografia da célebre noite, a cara alarmada do delegado atrás da mesa cheia de garrafas de uísque, um *Vat 69* bem na cara, o rótulo legível. Não apenas explicava: encerrava o assunto. O ladrão saíra do *Vat 69*.

E o uísque passa a explicar a quarta hipótese: o ladrão já não mais existe, nunca existiu realmente.

A entrevista do major motivou brigas na Câmara, mobilizou as oposições, protestos em outros jornais, uma caçada ridícula, o Exército de Caxias de tão famosos e renhidos feitos, mobilizado de alto a baixo para caçar um ladrão que não existia!

O ministro da Guerra expediu ordens, as manobras serão suspensas.

— É uma pena, já estava gostando do lugar — suspira o capitão, metendo na boca um último pastel.

De seu canto, Cláudio sonda a hipótese levantada pelo major. Existirá o ladrão? Todos os depoimentos são suspeitos, vindos de pessoas impressionáveis, ou que têm muito a perder, como é o caso do velho Andrade, do Paterone. Ou uma imaginação exacerbada, como o seu Jair. Além do mais, é privilégio. Seu Jair nunca saíra nos jornais, nem mesmo quando discursou à beira do túmulo de um antigo comandante do Arsenal de Marinha. E agora, por ter visto o ladrão, tem retrato, meia página de entrevista, o diabo.

Já é casta também. Os vizinhos se dividem em dois grupos: os que viram e os que não viram. As batatas para os primeiros, nada para os segundos. Formam, os primeiros, um círculo impenetrável, deles são os palpites. Até o Tartaruga foi admitido a uma festa na casa do Paterone, honra que nunca obtivera em 15 anos de vizinhança silenciosa e alheia.

Mas há o depoimento da cunhada, essa não tem interesse em prestígio, não pretende sair nos jornais nem nada, só pensa em si mesma, nos seus 16 anos, nos cabelos louros, nas coxas que passeia nuas pela Ilha afora. Ela diz que viu, jura. O depoimento dela é sério. A menos que tenha sido trabalho de sapa do velho Andrade, para impressionar o genro. De, qualquer forma, o relato da garota faz sentido.

Cláudio vai dormir impressionado: abrira uma revista e dera com a cara de um sujeito morto em acidente de rua, tiveram o mau gosto de estampar na página inteira a caratonha enorme, inchada, o sangue saindo pelas orelhas e pelas narinas.

Renata quer dormir com a mãe. Cláudio vai para a cama da filha, "é melhor assim, poupa-me o trabalho de mudá-la quando estou zonzo de sono, sem forças nos braços, esbarrando pelos móveis".

Leva livro para ler deitado. Mas tão logo reclina a cabeça, um sono pesado transporta-o para os escuros da noite.

Acorda de repente, a luz de cabeceira acesa ainda. Esquecera de apagá-la ou a ligara novamente durante o sono?

Valéria dorme em sua cama, rosto virado para o pai, testa franzida por causa da luz tão próxima a lhe bater nos olhos.

Cláudio apaga a luz. Para evitar confusão, desliga o fio da tomada. Para ligá-lo novamente terá de empurrar a cama.

E dorme, ao que lhe parece, até manhã alta.

Pela alta manhã, muita agitação nas ruas. Após vários dias de ausência, o ladrão fizera nova aparição. A vigilância noturna fora gradativamente afrouxando, os soldados já tinham ido embora, ficou apenas um guarda-noturno rondando as ruas, juntamente com os membros mais esforçados da Junta Civil.

O velho Andrade dormira um pouco na varanda, cansado de esperar tantas noites inutilmente. Mal cochilara, é acordado pelos berros de seu Amadeu, no meio da rua.

— Pega! Pega!

Correm todos.

Amarrotado pela emoção, seu Amadeu afirma ter visto o ladrão pulando a janela da casa do Evaristo, que está no Norte e cuja mulher fez sucesso outro dia na praia com o maiô de duas peças.

Seu Amadeu berra pelo Tartaruga, que cerque o ladrão no fim da rua, antes de atingir a praia que facilitaria a fuga. Tartaruga está bêbado, quando resolve fazer alguma coisa já é tarde. Mesmo assim dispara o revólver para cima, quase pega seu Amadeu, por pouco corria sangue equivocado.

Seu Jair chega atrasado, perde tempo procurando o Zeiss-Ikon, sentir-se-ia diminuído em sua autoridade moral e material sem aquele atributo. Vai cheirar o poste, examina o solo ao redor, não vê nada, nenhum vestígio, faz cara de dúvida, não acredita no rebate de seu Amadeu.

Para consolidar a certeza de uns e a dúvida de outros, vão à casa do Evaristo, bem na esquina da rua Guiricema. Acordam a mulher. Vem de camisola, desgrenhada pelo sono ou fingindo isso. Não, não tinha visto nada, aquilo era coisa de malucos, nada tinha a ver com a mania dos outros, que a deixassem em paz, ela saberia se defender se fosse o caso, dispensava ajuda alheia.

Seu Amadeu recua, constrangido, desculpe, desculpe — desacreditado.

Só não é publicamente desfeiteado porque um dos filhos do Andrade afirma ter ouvido passos pela calçada de Chapot-Prevost, uma batida clássica já, parecendo de cavalo alado — diz — coisa célere assim.

Cláudio desconfia que o cunhado deseja salvar seu Amadeu de uma situação difícil. Ou quem sabe, salvar apenas a mulher do Evaristo de uma suspeita que se lê nos olhos de todos.

Por sinal, que nem o incidente da noite tirou-a do bom humor habitual. Quando Cláudio vem da praça, após ter comprado jornais, cruza com ela pouco além da casa do Paterone. Cumprimenta-a com um pouco de cerimônia, como sempre o fizera. Mas ela manda-lhe um olhar tão esquisito que chega a ser indecente. Pensa em interpelá-la na rua mesmo, o que queria dizer com olhar tão obsceno.

Observa-a pelas costas:

"Belas ancas! Esta mulher está cada vez melhor!"

Por causa disso, prefere ficar calado.

A mulher de seu Amadeu é madrinha de uma tia do Evaristo. Serve o pormenor para pretexto: seu Amadeu julga-se comprometido com a situação, autoriza-se a telefonar para a base naval do

Norte, fala com Evaristo, explica a situação, Evaristo manda chamar a mulher, que ela faça as malas imediatamente e embarque com as crianças no dia seguinte mesmo.

A mulher cai aos prantos, não precisava isso, sei me defender, ninguém tem nada com minha vida — mas vai fazer as malas.

No fundo, seu Amadeu vive drama de consciência involuntária. Diz que viu, jura, oferece os pulsos à sangria se acaso estiver mentindo. Não teve intenção de difamar, foi coisa que não lhe passou pela cabeça nem pela cabeça de ninguém, ao menos nos primeiros momentos.

Nem todos têm dúvidas. Acreditam na aparição e na invasão da casa do Evaristo. Não, não chegam a supor mal da mulher. Aparição é inumana, jamais se deitaria com mulher alguma, nem mulher alguma se deitaria com pessoa vinda de outro mundo.

Tartaruga, em gozo de raro momento de lucidez, disse tudo quando disse:

— Nunca se sabe...

Cláudio começa aos poucos a se preocupar com o ladrão. Até então não se alarmou ainda, mas pensa, às vezes, nas duas filhas, na mulher moça, tão bonita quanto a irmã já visitada duas vezes pela aparição, há no meio das ruas um ladrão de intenções estranhas — material tem de sobra para ficar intranqüilo.

Sente dentro dele uma voz que o enche de confiança. Não, nada o que temer do ladrão, ele não tocará nos seus, essas coisas acontecem sempre com os outros, somente com os outros.

Pelas dúvidas, resolve alterar alguns hábitos: procura chegar cedo em casa, escalona os encontros com Marcela, as idas à casa de Marina, o uísque das cinco horas com Binho.

Levam-no ao ridículo. Marina diz que é pretexto, o que ele quer é ficar agarrado às saias de sua castíssima esposa — e ela diz esse "castíssima" em tom ofensivo. Binho acha-o tolo, excesso de segurança, zomba de seu tijolo imaginário, "burguês avaro". Cláudio não se incomoda. O ladrão existe, é imponderável, não é por dever que se preocupa, é que o ladrão já penetrou realmente em seu cenário, invadiu-lhe a vida, faz parte de seus dias, de seus pensamentos, é o *seu* ladrão.

Novidade: prendem o ladrão.

Cláudio está sem sono, tenta ler, revê fotografias antigas. Renata no dia do batizado, Valéria dando o primeiro passo num instantâneo tremido — nada de o sono vir.

Quando pensa em fechar os olhos, ouve correrias, gritos. Um tiro soa da praia e logo a voz de seu Amadeu mais alta, dominando a noite:

— Cerca! Cerca! Encurrala!

Desce correndo.

Três horas da manhã. A madrugada esboça cores avermelhadas lá para as bandas de Jurubaíba.

Vinte pessoas cercam o muro da boate. Começara assim: Tartaruga estava em seu habitual posto de vigia. A garrafa de cachaça ia em meio, embaixo da mesa da Brahma. Ao lado, Tartaruga dormia pesadamente, dormia todas as noites, um fracasso de sentinela. Despertara ao som do glu-glu característico. Abriu os olhos, esfregou o nariz e, apesar do embaçado da bebedeira, viu o que nunca esperava ver: o fantasma a cinco metros, virado de costas, bebendo pelo gargalo sua preciosa cachaça, genuína, vinda de Angra dos Reis.

Não precisava o roubo ser perpetrado por ladrão famoso já. Bastava o roubo em si para enfurecer Tartaruga. Num momento de raiva e coragem — quem bebe cana pelo gargalo não deve ter nada do outro mundo — fez tudo o que não devia ter feito. Berrou, gritou, xingou, botou a boca no mundo, chamou seu Amadeu finalmente.

O ladrão teve tempo de jogar a garrafa vazia em cima da vasta barriga do Tartaruga. E fugiu.

Desta feita, porém, não parecia com suas faculdades sobrenaturais. Por causa da cachaça ou por qualquer outra causa, lá está, as pernas trôpegas, corre tão mal que só não é apanhado pelo Tartaruga porque é difícil bêbado apanhar outro bêbado.

Na encruzilhada da praia, o ladrão entra pela Rua Bojuru — erro que lhe é fatal. Aos berros do Tartaruga, logo seu Amadeu sai da toca, depois o velho Andrade, mais tarde seu Jair sem Zeiss-Ikon: via a olho nu o que não conseguira ver antes: o ladrão em dimensões naturais.

Apesar das pernas bambas e de tantos perseguidores, o ladrão tem tempo para pular o muro da boate. Sua total perdição. Cercam o muro, estão todos armados, cheios de coragem: percebem que o inimigo não vem com a mesma agilidade de outras noites, parece é um bêbado, pura e simplesmente um bêbado, bem pensando, talvez nunca tenha sido outra coisa.

A boate não tem saídas, afora a entrada. Do lado dos fundos ergue-se a parede do cinema, 15 metros de parede lisa, sem uma janela, um buraquinho que possibilite a escalada. Se o ladrão não virar fumaça de enxofre — como alguns temem — está perdido.

Tartaruga dá o tiro, desnecessário àquela altura dos acontecimentos, só para cartar de valente e inspirar maior confiança em si mesmo e nos outros.

Quando Cláudio junta-se ao grupo, providenciam a invasão da boate. O velho Andrade comanda a operação. Fazem o cerco em toda a extensão do muro, seu Jair abre o portão com cautelas e perícias. Entram cinco pessoas, a diretoria da Junta Civil. Os demais fecham o cerco protegendo a retaguarda. Sem pedir consentimento a ninguém, Cláudio entra na boate também, por conta própria.

Medida preliminar: acender as luzes do salão. Nada de escuros, aparição gosta de escuro, precisa dele, é o elemento natural de qualquer fantasma que se preze.

Luzes acesas, o medo parece ir de vez.

A massa mole caída no meio do salão. Veste apenas um *short*, o dorso nu, queimado de sol. A um sinal do velho Andrade, entram todos, fechando o círculo, apontando as armas. Tantas cautelas parecem ridículas aos olhos de Cláudio: a massa continua inerte, como que jogada fora, para apodrecer.

Apertam o cerco mais e mais, o homem está no papo.

Ninguém com coragem de tocar naquela massa, virá-la para cima, a fim de se ver o rosto. Só não é massa morta porque resfolega, as magras espáduas sobem e descem, suadas pelo esforço da correria. Não querem que se toque no corpo, podia explodir, quem sabe. Melhor esperar a polícia, que ela segure o camarada, identifique-o, prenda-o e, principalmente, o leve para bem longe dali, para que nunca mais volte.

Cláudio reconhece a massa. Familiares aquelas espáduas tostadas de sol e vento, aquele cabelo amulatado, o todo fininho e dobradiço. Avança, segura-o pelas axilas e vira-o para cima.

Mixole.

Não chega a haver surpresa. Muitos dizem que já sabiam, já suspeitavam, só podia ser ele, não diziam nada para não parecerem implicantes. Seu Amadeu e Tartaruga declaram abertamente que só não o haviam denunciado à polícia porque não queriam dar a honra a outros, eles esperavam mais dia menos dia botar a unha nele.

Duas pessoas estão decepcionadas. O velho Andrade e seu Jair. São os que mais vezes viram o ladrão, custam a acreditar no que vêem agora, em plena luz, rodeados de gente, bem despertos. Preferem acreditar no que tinham visto em meio da noite, estremunhados pelo sono, cheios de pavor.

Chamam a radiopatrulha. Mixole abre os olhos, encara a todos com espanto, parece não entender o que faz aquela gente em torno de si. Está bêbado desde há dois dias — é Tartaruga quem informa, ninguém sabe se por conhecimento de causa ou pelo denso do bafo.

Mixole reconhece Cláudio no meio de todos.

Volta e meia os dois conversam, cedinho ainda, quando Cláudio vai à praça em busca dos jornais da manhã. Mixole de veia cheia, dizendo filosofias e imoralidades. Cláudio aprecia as duas coisas, rala-se solitário, procurando não dar a perceber que presta atenção. Mixole percebe. Vem depois pedir um dinheirinho, "pagar uma promessa a Nossa Senhora da Ajuda", Cláudio dá, é suficientemente ímpio para financiar a piedade dos bêbados.

Nas poucas vezes em que o encontrava sóbrio, lá vinha, respeitoso, que estava às ordens, qualquer serviço especial, quebrar a cara de um desafeto, dar lição de moral num marido importuno — um Sparafucile gratuito e não usado.

Agora, sentado no chão, cansado da correria, olha para Cláudio com aflição, sem querer comprometê-lo, mas pedindo proteção. Seu olhar é de cão escorraçado, sabendo a morte próxima. Não se esquece olhar assim — Cláudio entende aquele olhar mas permanece parado, incapaz de tomar atitude.

Vem o carro-xadrez da Polícia Central. Surge um conflito de jurisdição, nada da cidade, o fato se circunscreve ao 30º Distrito Policial. A guarnição da radiopatrulha ganha a batalha e o encargo de prender Mixole. O carro-xadrez volta para a cidade, inútil.

Quando os policiais pegam Mixole pelos braços e o erguem do chão, seu Amadeu avança e sapeca um pescoção brutal no mulato. Mixole tenta revidar, chega a esboçar o gesto, mas quatro tenazes o prendem. Seu Amadeu enfurece-se com aquela ameaça de revide e dá-lhe um soco que lhe pega a boca — o sangue espirra.

Cláudio agarra seu Amadeu que ameaçava continuar na surra. Chama-o de covarde, por pouco não bate no vizinho. Leva-o para longe, que Mixole não é culpado do crime maior, simplesmente um bêbado noturno, inofensivo, inconsciente de ter causado inquietação tamanha e por tanto tempo.

Mixole atira-lhe um olhar de gratidão — cão encurralado mais que nunca. Tenta dizer alguma coisa mas de suas gengivas sem dentes saem sons confusos, traindo cachaça e dor, a dor na escura raiz do grito.

Araújo chega, atrasado, aparece quando Mixole já está dentro do carro. Não conhece pelo nome, quer ver para identificar, alega sua condição de suplente da Junta Civil, os policiais vão lá dentro e trazem Mixole mais uma vez para fora — o desgraçado já emborcara no mesmo sono.

Seu Amadeu aproveita Mixole indefeso e avança. Desfere-lhe socos e pontapés, Mixole cai no chão, embrutecido pela surpresa da agressão, a boca uma posta de sangue.

— Assim não, seu Amadeu, é covardia!

Cláudio vai se atracar, chega a atingi-lo com um soco na barriga que lhe sai fraco, a turma do deixa-disso leva-o para um canto.

Mixole sentado no estribo do carro. Passa as costas da mão pela boca, limpando os beiços sujos de sangue e terra. A baba sanguinolenta faz teia entre a mão e a boca. E como momentaneamente lúcido, avisa que não precisam bater, ele não tem culpa alguma, não vai nem pretende fugir.

Levanta-se. Se se evaporasse agora, como desejava seu Jair, que o observa fixamente à distância, traria redenção à ala do sobrenatural — a fé voltaria inteira, comprovada diante de todos. Mas Mixole não se evapora. Entra resignadamente, bambo, dentro do carro.

Seu Amadeu não suporta. O homem vai embora sem apanhar? Quer descarregar todo o ódio, todas as noites passadas em claro. Avança mais uma vez. Mas Cláudio está prevenido, segura-o pelo braço e dá-lhe um soco que o tonteia. Não dá mais porque o velho Andrade leva-o para longe, alarmado de ver a exaltação do genro em defesa do ladrão. No calor do ódio, Cláudio percebe pela primeira vez que é capaz de matar um homem, beber-lhe o sangue, encontra dentro de si um ódio tão forte que um simples e único homicídio não bastaria para o que há por trás das comportas de sua cólera.

Apesar do soco de Cláudio, seu Amadeu não dispersa a gana, concentra-se unicamente em Mixole: grossos palavrões saem de sua boca que também sangra — Cláudio atingira-o em cheio.

Mixole é xingado em tudo. Ao ouvir o nome da mãe tem um estremecimento dentro do carro, tenta sair, os policiais não o deixam. Mesmo assim responde aos palavrões, chega a cuspir pela janelinha de trás a baba suja de sangue que bate no braço de seu Amadeu:

— Ladrão é a sua mãe! É a puta da sua velha! — grita Mixole.

Seu Amadeu possesso, seguro também por policiais. Livre, esfolaria Mixole como a um porco, no pau. Mixole, vendo seu Amadeu contido, grita agora à vontade:

— Veado! Sei quem é o ladrão, vou pedir a ele para cortar o pau desse veado covarde!

Ninguém dá mais atenção ao bate-boca dos dois. Riem pelos cantos, aliviados e comovidos com o heroísmo coletivo, atribuindo-se méritos uns aos outros, no fundo penalizados por verem terminar de maneira tão simples a epopéia que ameaçava imortalidade a todos. Aquilo não iria para os jornais: se Mixole fosse tripulante de disco-voador, marciano de cabeça quadrada e olhos amarelos — e iriam todos para os movietones americanos, correria mundo a façanha, Seu Jair teria capa no *Times* — remota aspiração de seus tempos de sonho que renascera nos últimos dias.

Olham Mixole um tanto decepcionados — e talvez só por causa disso realmente o odeiam.

Quando a radiopatrulha sai, Tartaruga mune-se de coragem, bota a cara na janela do carro e grita para dentro:

— Vá roubar cachaça da mãe, seu merda!

A notícia passa de boca em boca: Mixole preso, Mixole tarado perigoso.

Bêbados ocasionais, companheiros de Mixole do pifão dominical, fazem dissertações, complicadas e sábias.

A mãe de Mixole vem à praça pública defender o filho, mal sabe da novidade. Grita e chora — ninguém poderia precisar. Quando encontra algum conhecido, desabafa:

— Meu filho é malandro, puxou ao pai que nunca trabalhou, mas roubar não, é respeitador, filho carinhoso sim senhor, muito bom rapaz. Nossa Senhora da Ajuda! Ajudai meu filho! Rapaz de bom coração, chora quando me vê chorar, chorou um dia durante a missa de Natal que foi de cortar o coração! O padre o botou para fora da igreja, que tava bêbado, não tava não, sentimento sim senhor, só sentimento, que vai ser da minha vida sem meu filho?

Vê Cláudio. Vai pedir-lhe o testemunho, sabe que os dois conversam sobre pescarias, marés, ventanias, coisas bonitas que Mixole sabe com intimidade. Que lhe pagava cinzano com bíter russo, papa-fina para o paladar do filho estragado por canas ordinárias. Aos domingos, o filho esperava o doutor dos Andrades, que nunca lhe reprovara a bebedeira. E era verdade. Cláudio preferia-o bêbado, sóbrio ficava muito chato, igual a todo mundo. Gostava quando o via sair dos bares envergado, fazendo parar os carros para atravessar a rua — um bêbado verdadeiro, desses que não ficam encerrados entre as quatro paredes de um botequim, vão para a praça pública, para as enseadas do mar, querem o máximo de liberdade, o máximo de mundo.

Cláudio tranqüiliza a velha. A polícia apurará tudo, não chegará a ser maltratado, amanhã, na certa, estará livre outra vez. Ela se apega ao testemunho:

— Aqui o doutor sabe que meu filho é inocente!

Diante da aflição da velha, Cláudio vê claro: Mixole não é o ladrão. Remorso por não tê-lo defendido com maior convicção. Não podia ser o mesmo indivíduo descrito pelo velho Andrade e por seu Jair.

Volta para casa. E, para admirar, encontra a Junta Civil reunida àquela hora da manhã. Motivo: a mesma dúvida. O velho Andrade procura convencer aos demais, o ladrão não podia ser Mixole, era culpado talvez de outras coisas, faltas menores, sem significação, não daquela aparição misteriosa que os aporrinhava há tanto tempo.

Seu Jair coopera para a absolvição do Mixole. Ambos tinham visto o ladrão diversas vezes, Mixole foge ao tipo, muito magro, ossudo, cara chupada, faria outro tipo de silhueta no escuro da noite, o ladrão que avistavam era do tipo médio, sólido, bem-alimentado, mas extraordinariamente ágil.

O velho Andrade aproveita a chegada do genro:

— Assim como o Cláudio, movido a eletricidade.

E seu Jair.

— Sobe num poste como pensamento!

Resolução advinda após meia hora de debates: voltar ao Distrito, expor as dúvidas:

Cláudio resolve acompanhá-los, decidido a proteger o suspeito. A língua solta-lhe os pensamentos, quando dá por si, no carro do sogro que o leva ao Distrito, defende abertamente Mixole.

Tartaruga é dos mais obstinados:

— Bebia minha cachaça... vi com esses olhos! Tinha mais da metade, coisa fina, de Angra, um cunhado que viaja, tão cedo não me traz outra!

Comentam também a obstinação de seu Amadeu. Tinham velhas contas a ajustar, os dois. Aquela história de ir Mixole fazer necessidades no *Rex* possuía raízes profundas, uma birra especial e bem antiga, à parte das demais birras da Ilha, entre duas pessoas sedimentadas no mesmo lugar. Insinuavam certas línguas influentes que Mixole era filho de seu Amadeu — coisa que no fundo ninguém acreditava seriamente mas que todos espalhavam como se acreditassem.

Araújo, feliz. Vê sua fé nos fluidos ganhar consistência outra vez. Se não é Mixole, pode ser o rapaz que sumira, cadáver já, do barco apodrecido na areia.

Seu Jair tem um clarão:

— Mixole disse que sabia quem era o ladrão!

— Disse?

— Não ouvi.

— Disse sim senhor, na hora da briga com o Amadeu.

— Vamos apertá-lo!

— Ele não deve saber nada.

— Sabe, sim. Passa as noites dormindo na praça, naquelas canoas da Z-5. Já deve ter visto o ladrão, talvez até falado com ele.

— Impossível. O ladrão vai pouco lá para aquelas bandas.

O velho Andrade pensa um pouco e remata:

— O Jair talvez tenha razão. Vamos soltá-lo. Depois, com um interrogatório hábil, a promessa de uns trocados, ele dirá o que sabe.

A chegada ao Distrito termina em surpresa. Queriam falar com a maior autoridade em serviço, o guarda que os atende diz que o comissário dorme, havia feito diligência à noite, tirava um descanso àquela hora da manhã. O velho Andrade protesta, promete levar o fato ao conhecimento do Chefe de Polícia, onde se viu um comissário dormir em serviço? Nem mesmo a diligência noturna justificava, era pago para isso, fazer os plantões, para onde iam os dinheiros dos impostos? Para os comissários dormirem na hora do serviço?

Corre pela Delegacia que o velho Andrade é pessoa influente, o comissário logo aparece, dá desculpas. Finalmente:

— Desejam alguma coisa?

— Queremos ver o preso desta noite.

— O preso?

— Sim, o preso.

— Ué! O homem fugiu!

— Fugiu?

Por um minuto pensam todos no fluido: Mixole evaporara-se do xadrez — mesmo que não fosse por artes diabólicas, tinha culpa no cartório, a fuga depunha contra ele.

O próprio comissário riu. Nada disso: simplesmente um descuido: ao chegar a radiopatrulha, a guarnição passou no botequim junto ao Distrito, a noite úmida convidava a um trago. Mixole dormia no fundo do carro, tão pesadamente que ninguém ficou vigiando, não fugiria. Mas o cheiro da cachaça próxima o reanimou. E mesmo sem ser convidado, foi-se chegando. A esta altura, já os guardas estavam além das fronteiras, confraternizaram com o preso, sem ódios, todos do mesmo lado.

Quando a bebedeira passou, quando voltou a imperar o contrato social, uns de um lado, uns de outro, notaram. Mixole tinha ido embora. Fugido, não. Despedira-se de todos, abraçou um a um, convidou-se para outras, que o procurassem, dava sopa para uma cachaçazinha amiga, só chamá-lo, dormia nas canoas da praça — era fácil encontrá-lo.

Tartaruga, apesar da pressa com que concluiu, tem certa razão:

— Esta polícia é uma merda!

E o velho Andrade outra:

— Mixole é mesmo inocente!

Logo seu Jair quer voltar, procurar Mixole, interrogá-lo com severidade. Tartaruga pondera:

— O homem está bêbado, deixa para mais tarde, se formos acordá-lo agora, mesmo que saiba de alguma coisa, não servirá para nada, será capaz de afirmar que viu Tiradentes pescando siri pela praia com a corda da forca...

Ninguém soube — apesar de todos concordarem com o raciocínio — onde Tartaruga foi buscar esta imagem. Bêbado tão habitual quanto o outro, bem capaz de ser sua essa imagem, o alferes pescando siri com a corda fatal — a seu Jair pertence o raciocínio.

Como sempre, o velho Andrade encerra a questão. Mixole é inocente, não fugirá, mais tarde será interrogado, com algumas cachaças e umas roupas usadas ele não resistirá, dará o serviço. Sentem todos que o fim do ladrão se aproxima.

As garotas querem sorvete, a tarde ameaça a noite próxima, Cláudio prefere não sair de casa agora, cansado das discussões, da ida à Delegacia. Mas as meninas insistem, bota o cachimbo na boca e vai. Passa pela praça. De borco na *Magnólia*, velha canoa, azul por fora, zarcão por dentro, Mixole dorme pesadamente, nem parece o herói de uma noite. Dormirá a noite inteira ali, só levantará pela madrugada, quando o barco se fizer ao mar.

Repara: mais que o sono de um bêbado, é sono de um inocente. Sem preocupações, sem ódios, sem angústias. Quando acordar, dará um pulo em casa, bênção mãe! — Deus te abençoe, filho! Apanhará os trocados para a primeira cachaça. Quando os homens honestos forem para o trabalho de todos os dias já esbarrarão com ele acima dos códigos, dizendo coisas bonitas, dessas de cortar o coração, que só os bêbados sabem dizer diante do mar.

A Cláudio, o sono de Mixole parece sagrado. "Ele merece um sono eterno — que não seja o da morte" — pensa.

Ao voltar, o velho Andrade quer reunir a Junta para, incorporada, tentar o primeiro interrogatório.

— Vim de lá agora, o homem está dormindo.

— Ainda?

— Ainda. Pelo jeito, só mais tarde. Ele acorda cedo.

O velho Andrade concorda:

— Deixa para amanhã então. Mixole estará descansado, disposto a nos ajudar. Com dinheiro dará o serviço!

— Vão subornar o rapaz!

— Nada. Apenas cobrar uma ajuda remunerada.

— Mas que pretendem afinal?

— Além do interrogatório, podemos usá-lo para uma armadilha. Se já conhece o ladrão, é bem capaz de nos auxiliar num plano mais vasto e certo: armamos uma cilada bem organizada. Mixole servirá de isca, o ladrão sabe que ele é inofensivo, cairá na coisa.

— Isso é meio sujo. Confio mais no interrogatório.

— Uma coisa não tem nada a ver com a outra. Confiar também confio, mas digamos que Mixole nos dê o serviço: o ladrão é Francisco. Que Francisco? De onde? Onde mora? Como é o Francisco? E ficamos na estaca zero. Talvez nem isso. Mixole pode dizer: o ladrão é um sujeito assim, assim e pronto, ficamos no zero da mesma forma!

— Quer dizer, só vale se Mixole der o nome completo, com endereço e tudo.

— Mais ou menos. Caso contrário, o melhor que ele pode fazer é servir de isca para a nossa cilada.

— Acho um pouco complicado. É melhor deixar mesmo para amanhã.

Sobe para o apartamento. A mulher evita qualquer comentário, deseja que as crianças ignorem o que se passa. Arrisca uma breve pergunta:

— Como é? Alguma coisa positiva?

Cláudio abana os braços.

— Nada. Só amanhã!

As meninas vão deitar, chamam o pai, querem uma história, uma bela história, daquelas que só ele sabe contar.

Cláudio senta-se no meio da cama, abaixa a cabeça e começa:

— Um anão era o Sol, outro o Vento. A mãe, uma pobre velha — e ao descrevê-la lembra a mãe de Mixole — tinha dificuldades na vida e nos arranjos domésticos. O Vento era irascível, entrava em casa dando esbarrões, batendo com as portas, tirando tudo do lugar, quebrando a louça, desarrumando as camas e trazendo sempre uma nuvem de poeira a sua volta.

O Sol queimava tudo, torrava o pão, derretia a manteiga, incendiava as roupas. Brigava com o Vento. Por isso a mãe resolveu atender aos filhos em horários diferentes, a fim de que não se encontrassem sob o mesmo teto. O Sol, pelo menos, cumpria horários, respeitava os regulamentos, tinha horas de chegar e de sair para o trabalho, passava o dia todo fora mas vinha à noitinha, muito cansado, gritando pelo banho frio, queria o banho bem frio. Tinha um apetite enorme, comia tudo pelando, a sopa tinha de sair fervendo. Bebia muita água gelada, não trazia um tostão para casa, seu patrão não lhe pagava em dia, devia-lhe alguns séculos atrasados, nunca lhe dera férias, queria mudar de ofício, nem que fosse para ser vagalume de cinema.

O Vento era vagabundo, boêmio, passava dias e noites sem dar notícias, percorria mares e mundos, não tinha hora certa para sair ou entrar, quando chegava dava safanões na própria mãe, derrubando-a ao chão.

Um dia, apareceu uma Fada à boa velhinha, Prometeu-lhe ajuda: era necessário um encantamento, coisa muito especial: o Sol e o Vento ficariam bonzinhos, arranjariam belas princesas para noivas, iriam morar em ricos castelos, junto com a mãe.

— Como vai ser isso, Fada?

— Vou fazer um encantamento muito forte. Primeiro preciso tirar um raio do Sol e um pé do Vento.

A Fada esperou pacientemente atrás da porta pelos dois rapazes e enquanto dormiam, tirou um raio do Sol e um pé do Vento.

O Sol ficou furioso quando acordou, cadê meu raio! Cadê meu raio! Como é que vou trabalhar sem esse raio? Vou fazer um papel ridículo no céu!

O Vento também ficou zangadíssimo, estou aleijado, sou um vento capenga, vou demorar o dobro para dar a volta ao mundo, os meninos das ruas vão zombar de mim, vão me chamar de pé-de-vento...

Enquanto isso, a Fada reunia-se a outras Fadas no País das Fadas, botavam as roupas azuis com estrelas prateadas e aqueles chapéus compridos que parecem pirulitos bem grandes. Começaram o encantamento. Aí...

Renata e Valéria dormem, na hora precisa, Cláudio sente o sono chegar. A mulher prestara atenção à história, os dois haviam trocado um olhar antes de as meninas pedirem a história. Mas Cláudio não pode levantar-se. O torpor toma-o repentinamente, pensa desmaiar, nem mesmo consegue chamar a mulher. Deixa-se ficar na mesma cama de Renata, repartindo com ela o estreito espaço.

Não dorme ainda, mas nem abrir os olhos pode. Percebe quando a mulher, sentindo-o calado, se levanta. Vai ao quarto das meninas, apanha Renata com dificuldade e transporta-a para a cama do casal. Volta, ajeita o marido, traz-lhe os travesseiros, as cobertas.

Na semi-inconsciência, Cláudio tenta agradecer-lhe o carinho, dizer qualquer coisa gentil. Percebe que murmura palavras sem nexo, tonto.

Sente o beijo na testa, suave. Tenta retribuí-lo, é seu último movimento lúcido. O zumbido nasce no fundo do cérebro e um painel escuro, depois vermelho, finalmente verde — toma conta de tudo.

O verde se rasga: o som neutro invade corpo e alma e o conduz aos labirintos da noite.

O corpo moído pelo apertado da cama de Renata. Antes de se vestir, tenta um pouco de ginástica para atenuar o mal-estar dos músculos. Estira os braços, flexiona os joelhos, deitado no ladrilho do banheiro levanta o corpo em linha reta, esforçando-se para ser honesto consigo mesmo e realizar um exercício físico aproveitável. O cansaço é forte, dormira pesadamente, despertara em pior estado, sente-se flagelado.

O suor começa a descer-lhe pelas espáduas. Cai no chuveiro frio e por instante sente-se bem.

Recebe a notícia enquanto tomava café:

— Mixole foi assassinado!

Vai com o cunhado até a praça. Muita gente em torno das canoas. Esperam o rabecão para remover o corpo. A polícia faz perícias, tira fotografias de diversos ângulos.

Não há indícios. A maré subira e descera, nenhum rastro na areia. Mixole estaria dormindo na mesma posição em que Cláudio o encontrara, na véspera, à tarde: de borco, a cabeça apoiada nos braços cruzados, nuca à mostra, saliente como um tumor.

O assassino viera de mansinho pela areia, apanhara o rolo do barco, desses que ajudam os pescadores a rolarem as canoas até a água. A pancada foi violenta, contra a nuca e a base do crânio. Um golpe só, sem requinte. A cabeça se achatara contra o fundo, espirrava um creme pastoso e amarelado pelos ouvidos. Saía sangue do nariz e da boca, o fundo do barco empapado.

Jogara a arma assassina ao mar. Levou-a e trouxe-a de volta a maré, para junto da canoa, como um objeto inocente. Não parecia arma criminosa, nenhuma marca, um quê avermelhado nas pontas, mas da própria madeira.

Cláudio sente-se nauseado. Morte e náusea, olha o rolo — parece mesmo um enorme rolo de pastel — no entanto servira para matar um homem.

Suposição unânime: o ladrão acabou com Mixole. Não pode ser outro o criminoso. A rigor, ele não atua nas bandas da praça, prefere o lado de cá, mais residencial. Já notara Mixole, dera com ele dormindo nas canoas. Um não ligou o outro, coexistiam pacificamente dentro da noite — imensa noite para todos os bêbados e ladrões.

Talvez a prisão de Mixole alterasse a situação. Quem sabe um cúmplice? Com medo da denúncia ou de futuras complicações, o ladrão resolveu acabar com o aliado consciente ou inconsciente que podia tornar-se perigoso.

A mãe de Mixole. Não acredita quando contam. Deixa a roupa secando no capinzal da Rua Jussiapé e vem ver com os próprios olhos. Ao dar com o filho, cabeça esmigalhada no fundo da canoa, tem reação estranha: ajoelha-se ao lado e chora mansamente. Esperam impropérios, imprecações contra Deus e contra os homens — uma cena de romance russo. Mas a velha parecia esperar por aquilo mais dia menos dia.

Chora. Cabeça apoiada na borda da *Magnólia,* alisando as costas do filho, costas vivas ainda, tostadas de sol, queimadas pelo sal das virações noturnas.

O vento bate em cabelos brancos. Consumira a vida no amor àquele filho. Que era boa pessoa, não fazia mal a ninguém, só não gostava de trabalhar, devia pertencer remotamente a alguma casta de fidalgos decadentes para a qual o trabalho é coisa vil. Enchendo a vida contra o tédio de cada dia — lá estava a bebida, barata, ao alcance da mão. Ela mesma financiava o vício do filho, que ele fosse feliz como bem entendesse, a ela não competia bitolar a felicidade de ninguém, muito menos do próprio filho. Aceitava-o e amava-o, laborioso amor.

Bom filho. A homenagem do pifão no dia dos anos dela. Embebedava-se de champanha então, ou gim, rum, bebidas finas — ela pagava a demonstração de amor filial sem reclamar. Rendia dias de ternura:

— Mãe, qualquer dia tomo um pifão valente e mato um ricaço por aí! Depois fugimos para Paquetá, vamos ser felizes lá!

Matar um ricaço e ser feliz em Paquetá. Tendo como só paisagem a praia, seu mundo não superava os limites do mar: Paquetá era o fim do mundo, lugar inatingível, só vencido por remeiros de braços fortes e amigos, e abrigado dos ventos, protegido pelo imenso terral de Paranapuã.

O mar o atraía. Não podia viver sem ele, era-lhe tudo, por várias vezes protetores ocasionais tentaram endireitá-lo, botá-lo no Exército, na Marinha, num emprego qualquer. Mixole fugia, nada de cangas, de disciplinas. Nascera livre diante do mar. Um dia morreria, livre, diante do mesmo mar.

Jamais mataria o ricaço. O mar não o deixaria: o mar era seu código de honra, sua moral, seu catecismo: ensinava-lhe fortaleza, pureza, imensidão.

Se os homens fossem bons jogariam Mixole no mar. As águas pareciam esperar por isso: levariam o mutilado corpo para o fundo de suas grutas submersas, curariam suas feridas — Mixole nunca mais precisaria se embebedar para ser feliz.

Mas chega o rabecão. Feio, apressado. O destino de Mixole está ali, simples, basta jogá-lo ao mar. Mas o rabecão carregará o corpo despedaçado, mãos estranhas o enterrarão em terras estranhas, levará tempo, muito tempo, até que Mixole, em pequeninas parcelas, através de humildes caminhos, venha todo outra vez para o mar.

Doloroso para a velha assistir à retirada do corpo, a cabeça talvez estivesse desgrudada do resto, seria macabro. Cláudio aproxima-se, retira-a dali. Ela vai, dócil, sem protesto, chorando mansinho.

Seu Amadeu, para cartar de insensível, toma cerveja no bar da esquina. Desvia os olhos quando Cláudio e a velha passam perto.

Fecham Mixole na comprida gaveta de aço. Ligam o motor, o carro faz manobra e segue pela avenida da praia, vira na esquina da rua Bojuru.

A velha não suporta:

— Nunca mais vai ver o mar!

E como sentisse que agora é que o filho está morto, começa a gritar cada vez mais alto. Se Mixole ficasse a eternidade inteira dentro do barco ou enterrado na areia, ela acharia natural, pouca diferença faria, Mixole dormiria sob sombras de amendoeiras amigas que o protegiam desde menino. Mas a retirada do filho para longe é mais que a morte, mais que a prisão — a prisão depois de morto, isso sim.

No bar, junto à igreja da Ajuda, já formada a roda dos bêbados habituais, acrescida agora de outros, os bissextos, a esconder na bebida a emoção dos acontecimentos. Tem início o que Tartaruga denomina "pifão da solidariedade" — e ao qual imediatamente se incorpora.

Quando a mãe de Mixole passa pelo bar, em direção ao capinzal da Jussiapé, um crioulo alto, olhos injetados, convida:

— Vem, minha velha, vem beber pelo filho. Eu pago.

Ela hesita. Depois aceita.

Lá pelo meio-dia, pela primeira vez vêem a mãe de Mixole bêbada, cuspindo nos mesmos lugares onde o filho cuspia, dizendo pornografias contra a vida e contra os homens.

A morte estraga o dia e é dia de Marcela. Limita-se a não marcar datas, ela não gosta dos concupiscentes, o concupiscente veste pele de cordeiro e espera a hora do bote.

Não tem tempo de desmarcar o encontro. Mesmo que tivesse, ela não aceitaria a desculpa. Quê que era Mixole morto no fundo da canoa para Marcela? Nada. Um acidente:

— Coisa da vida.

Para Marcela a morte é coisa da vida e pronto. Mas o amor e a morte estão em Cláudio, o amor é angústia, a morte também. O amor, corpo de Marcela, corpo branco, comprido e flexível como enguia, fêmea de luxo. A morte, nuca despedaçada de Mixole, o dorso nu e salgado sob as amendoeiras. Morte e amor são um corpo.

Marcela tira a roupa. Fica de meias e liga, sutiã e sapato alto. Fuma, andando de um lado para outro, gosta de ser admirada e desejada assim. Na semana passada Cláudio vira um filme com manequins franceses, desfilavam nus, em concurso de *strip-tease.* Um daqueles manequins saíra da tela e viera a seu apartamento.

"Seu corpo devia estar em outras mãos, mãos que não as minhas, mãos que tentaram, pela manhã, enxugar as lágrimas de uma velha, mãos que tentaram avaliar o rolo assassino, arqueadas mãos apesar de tudo."

— Marcela, você está se estragando.

— Por quê?

Rápida, ela olhou para o ventre redondo, o quadril, a perna longa e afunilada, à procura de alguma gordura inquietadora.

— Você devia estar em outras mãos, Marcela.

Sossegou:

— Já me disseram isso.

— E por que não muda?

— Sei lá! Estou bem assim, estou sempre bem onde estou, eis uma coisa a meu favor: não dou para filial de Bovary!

Cláudio conta-lhe do filme, os manequins franceses em *strip-tease*. Ela promete que vai ver:

— E você na hora desejou algum?

— Na hora? Na hora desejei você!

Verdade. Ao ver corpos tão parecidos começou a sentir o cheiro da carne dela, o brilho de suas meias cor-de-creme, a cinturita cor-de-rosa. Cláudio gosta de tirar a cinturita, ver o ventre surgir túmido, amolecido—livre para o amor. Isso o perturbou, nem pôde ver o resto do filme, saiu no meio.

E agora Marcela está ali, todinha, igualzinha ao filme, só estender a mão, tirar-lhe a cinturita, possuí-la, submissa, amante.

Mas não sente desejo algum. Pena só. Pena de Mixole, pena de si mesmo, pena de Marcela, tão bonita, a se entregar em suas mãos, inúteis mãos. A vida, um pifão, um ventre branco, uma nuca estraçalhada — e nunca mais se vê o mar!

— Um dia nunca mais te verei, Marcela!

Fica pequenina em volta de seu pescoço, beija-o doce, na boca um perfume triste, fosco, um calor de febre que repousa. Cláudio vai beijar-lhe os joelhos, seus cabelos prendem-se no elástico da liga, morde com raiva aquele fim de coxa, vai descendo até os tornozelos. Ela dá um grito:

—Vai correr o fio da meia!

Molha o dedo com saliva, começa a puxar o fio para o lugar. Desanima.

—Vai ter de me dar outra!

O monstro possui Cláudio. Ela tenta ficar nua, tirar o resto da roupa, ele a agarra e a tem, semivestida mesmo, não a queria nua naquele dia, já tinha visto a outra nua, a morte.

— Marcela, eu amo o seu pâncreas!

Ela estranha:

—Já não me ama!

— Por quê?

— Você está tão bruto! Antes era mais doce, tinha mais respeito por mim, creio que você tinha vergonha de me possuir, agora não.

— Amo, Marcela, amo agora seu corpo, depois o cheiro de sua carne que ficar em mim, amanhã amarei sua saudade, amo sempre Marcela, amo porque não quero morrer...

— A morte te excitou, hem?

— É possível. De qualquer maneira, você hoje está especialmente gostosa, não, não é bem o termo...

Marcela pegou-o pela boca, num beijo aguado e rouco. O suor comum secando em dois corpos com o mesmo cheiro. Cláudio sente na garganta um calor de sangue escorrendo para dentro, procura extrair mentalmente a raiz quadrada do número do telefone dela, boca na boca paralelas, obtém a raiz quadrada, raiz andrógina, ela adormece dentro dele, ele a domina, dominado.

Anoitece quando pensam ir embora. Cláudio bebera, avançara nas bebidas do Denis. Marcela não, queria ficar lúcida na tarde de febre. Mandou vir do restaurante vizinho a *pizza* quentinha, abriu a garrafa de *chianti* que o Denis trouxera de Lucca, pendurara no bar, de uma corda que pendia do teto. A corda ficou tremendo, pra lá, pra cá, como se por ela um ladrão tivesse subido, sem deixar vestígios.

— Ué! Não vai botar no gelo?

— Sua boba, *chianti* é ao natural!

Cláudio arrebenta a palhinha, o cheiro quente se espalha, o vinho desce, meio pastoso, Marcela fica logo com o brilho no olhar que parece o reflexo de sol numa bolinha de gude. Meio bêbados, Cláudio quer morder a barriga da perna de Marcela e Marcela quer comer a palhinha da garrafa, quente e oval, como ninho de ausentes pássaros.

— Está na hora?

Cláudio não quer que Marcela se vá, que ela ficasse consigo, teme a solidão do depois, não pode ficar sozinho, que Marcela não o deixe voltar para a Ilha, ir para a noite medonha que adivinha pela frente.

Pânico. Medo físico e repugnante de voltar para a Ilha. Sente calafrios só de imaginar a estrada, os postes de luz pelo caminho — ponto tracinho ponto — levando-o para a nuca estraçalhada dentro da canoa. E Marcela ri, fazendo cócegas com o pedacinho de palha da garrafa ao longo da perna nua. Um abismo entre os dois — Cláudio entregue aos fantasmas da noite, vazio por dentro, nauseado por fora — Marcela na dimensão da carne, carne repugnante — as mãos de Cláudio sentem o calor das coxas de Marcela e ambos parecem afogados de mundos diversos, ele se sente invisível, masturbava Marcela, ele não sentia mais nada, fantasma de si mesmo.

Não pode dizer nada a Marcela. Zombaria dele, percebe o abismo entre os dois corpos que se possuem, os quadrados intatos, tijolo de segurança impedindo contatos, não adiantava a mão sentir o calor das coxas de Marcela, ele estava longe, imensamente longe e distante de todos os obstáculos, impenetrável — só.

Procurar quem? Marina? Não aparecia há dias, ia haver discussão desagradável e sem sentido. Irene? Irene não serve para o medo, amor ela entende, tem fórmulas originais, dor-de-corno? Faz um conto que passa; angústia? trepa que vai embora. Para o medo não adiantava o conto, seu medo jamais passaria. Eterno: antes dele, depois dele.

Marcela se vai. Deixa-o só. Pensa em esperar pelo Denis, passar a noite com ele, isso evitará ter de voltar para a Ilha.

Mas a Ilha o chama, lá longe. Dos subterrâneos de sombra ela cresce, como monstro escuro e disforme, chamando-o. Não se liberta de uma ilha com facilidade — pensa — nem de uma mulher, a ilha uma mulher enorme, parecida com Marcela, com Irene, com Marina, com a Noite, com a Morte. O chamavam essas mulheres todas. Que o atirassem ao abismo, antes que o abismo subisse até ele, sufocando-o, tragando-o.

"As alcovas ficam abomináveis depois que elas vão embora! São igrejas saqueadas, destroços, escombros."

Entra dentro da noite. Volta a pé para a cidade, sente agora o excesso da tarde, o excesso da carne, da bebida. O vinho dói-lhe no alto do crânio, um gosto desagradável na garganta, azedo como o resto de um vômito. "Ué! Não vai botar gelo? — Sua boba, é ao natural"! Náusea ao natural. Passa a mão pela nuca, tem a impressão de que ela se esmigalha, em silêncio, às suas costas.

E além dos cansaços que explica, um outro mais complicado, misterioso, sem localização, um cansaço dentro do outro cansaço, algo estúpido assim.

Vira na Glória.

O beco escuro agora, beco não, rua mesmo. Os postes de luz apagados. Defeito nos fios, consertam na esquina, o carro da Light parado, os homens lá em cima, trabalhando na treva. Bom andar assim, na escuridão, vê melhor no escuro, volta a ser por instantes um homem normal, reencontrado na treva. De dia, à luz comum, ele vê os objetos, os limites de cada coisa, não bate nos outros porque vê o espaço que ocupam, ali a mulher gorda, depois o homem de chapéu, a bicicleta, o andaime da obra.

Agora não vê nada, apenas sente, cada corpo, cada objeto estão revestidos de capa magnética — ele não poderia, mesmo que quisesse, esbarrar neles, são massas e zonas proibidas que o repelem.

"Estou ficando louco!"

Não é loucura. Ele sabe. Mas cansaço, emoção, bebida. Na Cinelândia a multidão o absorve, as luzes dos cinemas o espantam, volta a ter medo, a andar perdido e cauteloso, como um cego, tateando entre estátuas repugnantes que se movem, lívidas, e riem, obscenas.

No Pathé, levam o mesmo filme do *strip-tease.* Chega mais perto, olha os cartazes, há fotos de mulheres quase nuas, meias só. De costas, as nádegas gordas, o dorso fabuloso. Compara com Marcela. Marcela ganha longe e é sua.

Bancas de jornais abertas na Galeria. Jornais pendurados, notícias do assassinato de Mixole. Lê alguns trechos: MISTERIOSO ASSASSÍNIO NA ILHA DO GOVERNADOR. Seguem-se duas fotografias: a *Magnólia* em ângulo de cima, a massa disforme e imprecisa no fundo; o *close* do rolo de madeira envolto num lençol, sob a legenda: "isto deu cabo de um homem". Baixou os olhos e leu a notícia: "*Os moradores da Ilha do Governador vêm sendo perturbados em seu sossego por estranhas ocorrências que estão a desafiar a habilidade policial. Há semanas, o noticiário dos jornais registrou fatos curiosos relacionados com o aparecimento de um ladrão misterioso que parecia coisa-do-outro-mundo. As autoridades policiais, e mais tarde as militares, tomaram conta do caso. Acabaram constatando que nada havia de anormal, tratava-se de um mito local que os medrosos inventavam, os supersticiosos acreditavam e os bêbados confirmavam. Na manhã de hoje, os moradores da praça em frente à igreja da Ajuda tiveram sua atenção voltada para um urubu que pousara numa das canoas ali encostadas, da Colônia de Pesca Z-5. Pensando tratar-se de pescado abandonado, o Sr. Casemiro Fernandes (português, 56 anos, rua Cambuí, 52) acercou-se da canoa e deu com um homem abatido a traição, provavelmente em meio ao sono...*"

A parte relacionada com Mixole: "*Apurou a reportagem tratar-se do indivíduo João do Espírito Santo, pardo, 33 anos, Rua Jussiapé, barraco sem número, mais conhecido pela alcunha de Mixole...*"

A autópsia: "*fratura do occipital com derrame interno*". Com impudor profissional, o legista entrara dentro de Mixole até descobrir, no fígado intumescido, "*sinais evidentes de alcoolismo*".

Sobre as providências policiais o relato é lacônico. "*As autoridades do 3oº Distrito Policial, em cooperação com a Prefeitura Militar do Galeão, estão tomando as providências para a captura do(s) criminoso(s).*"

Os esses entre parênteses dão a Cláudio vontade de libertar-se. Pensa em Marina, está em ótimo estado para romper. Lá fora diversas vezes para provocar um rompimento definitivo, mas acabavam na cama. Desta vez não. Indigestado de carne, embrutecido pelo medo, romperá com Marina — lata e barbante a menos, início de libertação maior. Começará pela mais fácil, depois serão as outras — repentino apelo à redenção.

Telefona. Não o faz há duas semanas. Atende-o a voz de um homem:

— Quem deseja falar com ela?

— Ela sabe quem é.

O homem ri:

— Não sabe mais...

— Que que houve?

— Apenas isso: estou aqui há cinco dias, morando com ela, para o fim da semana vamos ao Uruguai, lá fazem casamentos assim...

— Ótimo! Aproveitem e vão à merda!

Cláudio é o primeiro a desligar.

No Juca's Bar encontra Binho. Pretende contar-lhe tudo, a morte de Mixole, Marcela fazendo cócegas na perna nua com a palhinha do *chianti*, Marina casando no Uruguai com um homem-adequado. Falta-lhe fôlego, tem repugnância de falar. Amarra um porre, Binho pactuando, pagando-lhe a conta:

— Estou arrasado, Binho, deixe-me quieto.

— Muita dor?

— Não. Só medo.

— Isso é pior?

— É.

De repente Cláudio sente ridícula a bebida, o fato de estar de porre, a cara do Binho, a conversa em voz baixa de um casal afogado no escuro. Na rua havia um ladrão, uma coisa-sem-nome, e ele ali no meio de gente vil que só pensa em trepação, em angústia-menor.

Fidelidade à Ilha, volta correndo para a noite.

Toma algumas drogas para curar o pifão. Não cura mas melhora, chega em casa quase normal por fora.

Confusão na rua, é o que encontra. Pior que nos primeiros dias de quartelada: a ponte sob severo controle militar, ninguém entra nem sai sem ser identificado e revistado. Os suspeitos detidos, algumas prisões preventivas.

Aceitam finalmente a evidência: o assassino de Mixole é o mesmo ladrão das noites antigas. Mixole podia comprometê-lo: antecipou-se e eliminou a única pista que poderia identificá-lo.

Medo geral ampliado. Antes, um mero ladrão, meio platônico, causava susto e insônia, nem sequer roubara nada ainda. Assunto para uma boa corrida, uns pescoções de seu Amadeu, dias no xadrez. Agora há morte. Sangue. Acabava a brincadeira mais ou menos divertida a que todos haviam se entregado.

Fora Mixole hoje. Amanhã podia ser qualquer um. "Sangue puxa sangue — uma das leis do sangue é essa. Nunca se sabe qual será o próximo."

O fantasma comum viola a barreira. Por mais misterioso que seja, seu fim parece próximo — é Araújo quem o diz, cara séria, como se entendesse do assunto.

Ninguém acredita mais em coisa do outro mundo. Almas penadas não se sujam com sangue, são excelentes pessoas, aparecem para pequenos sustos, corridas com correntes, bater de portas, gemer de sombras, coisas honestas assim — dizem.

Sangue mancha as trevas, há agora a nuca estraçalhada de Mixole, isso supera a dimensão do fantasma, muito sórdido, só pode ser humano.

Sabem que Ele aparecerá. Demorará alguns dias, havendo o rastro de sangue a marcá-lo. Mas aparecerá — é certeza de todos.

Que que seu Jair, seu Amadeu ou Araújo entendem de um homem que mata outro? Que espécie de assassino há pela frente? Um assassino normal, desses que sempre voltam ao local do crime? O matador de Mixole talvez seja um estúpido, nunca mais volte. Ocioso o aparato bélico — pensam outros. Mas o aparato bélico aumenta.

Percorre as ruas. Vê metralhadoras em várias esquinas, soldados embalados. Na praia, Tartaruga arenga para o grupo de rapazes:

— A cobra vai fumar!

Cláudio sobe ao apartamento. Abençoa as filhas que o esperam.

— Não venha tão tarde, Cláudio, o negócio anda feio por aqui.

Sente-se miserável por ter merecido a advertência. E no remordimento que o assalta, dorme bem, compensando a noite anterior e a mutilação daquele dia cheio de amor e morte.

Arranja pretexto para não descer à cidade. Fica em casa, medida de purificação interior, livrar-se da rua, buscar a parcela do eu que lhe parece a menos inquietante.

Leva Renata ao colégio, pode ir de carro, mas vão de bonde, gostosamente de bonde. Ela conta-lhe coisas durante o trajeto, a diretora do colégio não vai com a cara dela, isso entristece Cláudio, como pode haver gente má assim, que não vá com a cara de uma criança?

— Ela te castiga?

— Não. Só ralha. Mas ralha muito.

— Bota no quarto-escuro?

Renata ri, como se tivesse ouvido besteira.

— Lá não tem disso não, papai. Tem é a secretaria com a Dona Rute...

Pena imensa de Renata, nem todo o seu amor consegue livrá-la das Donas Rutes. Tarada essa Dona Rute, hermafrodita, forma propósitos de conspurcá-la na próxima oportunidade.

Renata abraça o pai antes de entrar na formatura. Beija-o. E fica no portão, dando-lhe adeus com a mão, até o bonde sumir na curva, trazendo-o de volta.

Vai apanhá-la na saída. Vê Dona Rute ao longe, dirigindo o coro das meninas, "mas se ergues da justiça a clava forte verás que um filho teu não foge à luta nem teme quem te adora a própria morte". Uma voz diz chave em vez de clava e Dona Rute apura o ouvido para identificá-la.

Decide ali mesmo: tirar Renata do colégio.

Valéria o acompanha, banho tomado, cara cheirando a sabonete, satisfeita de estar ao lado do pai, é a primeira a descobrir a irmã entre tantas meninas de uniformes iguais. Parece que Renata é quem dizia chave em vez de clava, depois que ela sai o coro melhora.

Dispensam o bonde e vêm a pé, não é longe o colégio, pouco antes do Bananal. Vêm pela praia, a tarde caindo aos poucos, o faroleiro do Xaréu acendendo o facho vermelho que vai guiar o tráfego para Paquetá, apontando os escolhos da Ilha Rasa, as pedras do Manuel de Fora.

É na praça que sabe: a mãe de Mixole se suicidara, pouco depois do meio-dia, no mar. Ninguém deu por ela, hora da sesta, modorra adormecendo a Ilha, pouca gente nas ruas, ninguém olhando, ela foi entrando, entrando devagarinho, em direção da *Magnólia* agora apoitada ao largo. Entrou até perder pé. A mão se agitou fora d'água, como se aceno de adeus fosse. Quando correu o primeiro socorro já boiava, inchada.

Puxaram-na para a praia. Ficou estendida no mesmo lugar onde na véspera estivera ajoelhada, chorando o filho morto.

A segunda vítima do ladrão.

As autoridades levaram o corpo, a cena do rabecão se repetiu, a mesma gaveta de aço inoxidável, o mesmo arranque do motor, a mesma estridência ao virar a curva da Rua Bojuru.

Investigaram. Nada apuraram, afora farrapos da vida. Viera do Espírito Santo havia muitos anos, radicara-se naquele trecho da Ilha. Empregada na casa do Dr. Paixão, donde saíra para viver com um malandro famoso, o Juvenal, irmão do banqueiro-de-bicho Pimenta. Juvenal, àquela época, era vizinho de seu Amadeu, nessa mesma época nascera Mixole, daí a suspeita de paternidade. Tanto Juvenal quanto seu Amadeu eram claros, olhos azuis, o fato de Mixole ter saído mulato não era argumento.

Mixole cresceu, a mãe ficou gorda e feia, Juvenal arranjou mulata na Pavuna, seu Amadeu casou-se com a velha rica. O filho revelou-se malandro e qualquer dos dois suspeitos justificaria o horror ao trabalho demonstrado pelo rapaz.

Ela caiu no duro, morava num barracão da Rua Jussiapé, lavava roupa para fora, pelo carnaval fazia com alguma habilidade as fantasias do Unidos da Freguesia — bloco de sujos que sai pelo domingo-gordo, um boi enorme ameaçando chifradas, o Cesário do açougue batendo o bumbo, Gibi majestoso de leque e cabeleira Luís XV dando passos à volta da porta-estandarte, o veadinho que toma conta da boate em odalisca de vaporosas gazes, o próprio Mixole figurando às vezes, ora como segurador de corda, ora na turma das frigideiras, fazendo o ritmo.

Com sacrifícios assim sustentava o filho e a sua cachaça. Depois veio a morte. Com passo igual e breve encerrou duas páginas humildes da Ilha. A morte igualou-os no mesmo pó.

Cláudio deixa as filhas em casa e volta para a praça. Ao passar pelos domínios de seu Amadeu, sente um ódio esquisito queimando-lhe dentro. Seu Amadeu nunca lhe fizera nada, tratava-o até com cerimônia, forçava ser gentil não só para com Cláudio mas para com todos os do Andrade, diziam pela Ilha que o velho emprestara dinheiro grosso quando a velha teve demanda no foro. Cláudio chegava a achar seu Amadeu divertido quando, pelos carnavais, saía de cigana, os brincos enormes caindo-lhe pelas orelhas, com voz de falsete botando para fora o podre dos outros.

Mas havia a agressão a Mixole — aquela covardia não ficaria impune. Seu Amadeu pareceu-lhe miserável. Descobre agora que tudo é miserável naquele homem, a barriga, a papeira, os olhos azuis raiados de sangue. E se Mixole fosse mesmo seu filho? Ampliaria a dimensão de sua covardia. Talvez não fosse o pai, mas abusara da mãe, é fato público na Ilha, e nunca ajudou a mulata, ela vivera necessitada e só, vira o filho despedaçado no fundo da canoa e ele nem se mexera, chegara a virar o rosto ao cruzar com ela.

"Isso é imbecil, não tenho nada com a vida dos outros, cada qual trata de si como pode. Azar da velha, azar de Mixole, azar de todos os vencidos."

"Se o ladrão tivesse alguma coerência deveria matar seu Amadeu." Cláudio surpreende-se com este pensamento idiota: ninguém pelas redondezas merece tanto a morte quanto ele. Tipo desnecessário, não tem família, a própria velha se sentirá feliz sabendo-o morto e incapaz de gozar o dinheiro que ela guarda com obstinação.

"Que que tenho com a coerência dos outros?"

Lembra a conversa de dias atrás, com seu Jair. A turma que acredita no sobrenatural suspeitava vagamente de seu Amadeu. A aparição seria dupla: uma sobrenatural, provinda de outro mundo, com a faculdade de sumir de repente, voar; outra deste mundo mesmo, gostando de espiar as mulheres dormindo, pulando a janela da casa do Evaristo. O demônio-nu de anos atrás? Era seu Amadeu: comera a filha de criação e na noite em que a velha ia descobrir fez o drama, pulou a janela nu, depois botou a culpa no demônio. Tanto que nunca mais o sujeito apareceu. Agora, com a confusão reinante, seu Amadeu se aproveitava para tirar sobras.

Cláudio não acha impossível a nova hipótese. Na noite em que a mulher do Evaristo foi visitada, somente seu Amadeu vira o ladrão. Dera o alarme para despistar, quando repelido. A mulher não o acusara por constrangimento, o ligeiro parentesco com a velha. Fazia sentido a hipótese. Quanto a Mixole, bem, se havia alguém a lucrar com a morte dele, afora o verdadeiro ladrão, era seu Amadeu mesmo. Ódio velho entre os dois, de misteriosas, impenetráveis raízes.

No mais, todo mundo sabe que seu Amadeu é grosseiro, não pode passar por mulher sem dizer bobagem, bufa grosso quando vê a neta do Paterone de maiô. Goiabada, só porque roubava carambolas que apodreciam no pé, levou uma surra, foi lavar no mar os beiços espatifados pela grossa munheca. Ora, o verdadeiro ladrão, até antes da morte de Mixole, não revelara crueldade alguma — exceto a de deixar Tartaruga preocupado com os acontecimentos.

Na praia, dois oficiais aproveitam o manso cair de tarde — são sempre mansos os cair de tarde na Ilha — e tomam banho, no mar em frente. Aquela água está manchada de sangue recente mas isso não é nada para eles.

Outra novidade: o vigário local resolve entrar na brincadeira. Enquanto os suspeitos pareciam vir do outro mundo, ele se manteve neutro, não exporia suas mandingas a um fiasco público. Mas agora, quando não há mais suposições sobrenaturais, quando todos sabem que o ladrão é mesmo deste mundo, o homem que serve o outro mundo faz desabar sobre o rebanho suas indulgências e preces.

É promovida confissão geral procedida por a comunhão também geral. À tarde, sai procissão com relíquias do Santo Lenho. O pedaço da Cruz do Calvário percorre as ruas visitadas pelas sombras malignas e abençoa o rebanho inquieto pelos maus espíritos e pela morte que ameaça ferir o pastor e dizimar as ovelhas — segundo está nas Escrituras e no sermão de recolhimento que um capuchinho de barbas profere no centro da praça.

O tenente-coronel que comanda a Manobra-Contra-o-Ladrão segura um dos paus do pálio dourado, seu Jair solta foguetes de vara pelas esquinas, Goiabada espera o bichão explodir lá em cima e sai correndo para apanhar as varetas. Tartaruga, quando a procissão passa à porta, arreda apressadamente a mesa da Brahma e ajoelha-se, a cara contrita e cabisbaixa, o bastante para perceber os sorrisos de aprovação das velhas que rezam sob véus de confrarias.

O alto-falante da torre ligado como nos dias de festa. Tocam a *Ave-Maria* de Soma e o *Panis Angelicus*, de César Franck, Bandeiras nacionais e pontifícias enfeitam o adro onde mulheres pias arrumam latas de biscoitos e garrafas de vinho-do-porto para as barraquinhas de prendas — o vigário aproveitará a unção que se apossa do rebanho para reformar a casa paroquial.

No centro da praça: a tenda de campanha do tenente-coronel. A Prefeitura Militar do Galeão acha que a polícia civil não tem idoneidade moral nem material para dar fim àquilo, decide acabar com o ladrão no vai-ou-racha. Vem o tenente-coronel, um trem de cozinha, panelas, soldados, armas, quase cem homens mobilizados.

Quem logo ameaça ficar imobilizado, não cooperar mais, é Tartaruga. Proíbem a venda de bebidas alcoólicas em toda a Ilha. Tartaruga, escravo de seus vícios, fora à cidade, sacrificar nos bares da Galeria Cruzeiro. Volta encharcado, entornando pelo ladrão.

É detido primeiramente no Galeão. De lá telefonam para o Posto Avançado da Freguesia, a fim de ser identificado como Suplente da Junta Civil de Operações. Em liberdade, vem a ser preso novamente já próximo de casa. Fica na tenda-depósito, onde os soldados guardam o material de combate. Só é solto quando pode fazer um quatro-em-pé, único método decente que o sargenteante conhecia para testar porre alheio.

Quando sai — está desolado. Ele, que vira o ladrão tantas vezes, o primeiro que tivera peito de disparar contra a aparição, ele, suplente da Junta Civil, braço direito dos maiorais — o único a ser preso até agora!

Uma desmoralização! E afora a desmoralização, a amargura de não ter com que lavar o peito. Nos bares só vendiam água mineral e Coca-cola. Seus estoques particulares esgotaram-se pelas noites seguidas de vigília — as virações noturnas são convite largo a grandes doses, para proteger o peito. Agora, a cruel perspectiva de passar a noite de cara enxuta. A idéia de aderir à causa do ladrão passa-lhe vagamente pela cabeça.

E há movimento na rua até alta noite. Nem sombra do ladrão.

— Não, Cláudio, não é uma rendição, não vamos pensar em termos de luta. É uma precaução.

O velho Andrade promove a reunião da família para expor a situação. Há mistérios rondando as ruas, a casa dele parece ser o eixo de gravitação. Morte já. A filha mais moça visitada duas vezes pelo ladrão, ninguém sabe o que sucederá no caso de uma terceira. E além da filha menor, a mais velha, mulher de Cláudio, as noras, as netas — é muito risco, não haverá preço que pague o resgate de um deles, a proteção acintosa da Aeronáutica é fogo-de-palha, dali a dois ou três dias vai tudo embora e ficarão sozinhos, outra vez. O melhor, o mais prático, até mesmo o mais honroso: a retirada provisória.

— A família argentina que alugou a casa da Tijuca vai embora para a semana. Está toda mobiliada, nela cabemos todos — com um pouco de boa vontade cabemos todos.

— Vai o senhor, com os seus, eu fico por aqui mesmo.

— Mas Cláudio, isso não dá certo! Justamente você, que chega sempre tarde, é que quer ficar! Vai deixar a mulher e as meninas sozinhas lá em cima até alta noite? Eu posso ter tranqüilidade sabendo disso?

O argumento é forte, mesmo assim Cláudio custa a admitir. Não gosta da casa da Tijuca, ampla e confortável casa que o velho Andrade alugara a um pessoal da embaixada da Argentina, quando resolveu morar na Ilha. A casa lembrava-lhe os primeiros anos de casado, na época em que moravam todos sob um só teto, havia recordações desagradáveis, Cláudio jurara a si mesmo nunca mais entrar ali.

— Se o fato é esse, não há motivo para preocupação. Prometo vir cedo para casa todos os dias, até que passe essa onda. Aliás, há algum tempo já que tenho chegado mais cedo.

— Não é isso, Cláudio, você mesmo corre algum risco, que custa voltarmos todos, a casa cabe, dá conforto, você ocupará os dois quartos principais, mais o gabinete, que será seu, exclusivamente seu. Eu me arranjarei por baixo, os outros ficarão nos aposentos de sempre.

Cláudio olha o velho Andrade:

— O presidente da Junta Civil foge! Vai ser uma debandada!

O velho não se dá por vencido:

— Com a morte não se brinca. Fiz tudo o que podia para impedir isso. Já achava até que o caso não era de alarmar, o ladrão era um maníaco apenas. Mas agora há morte, tenho certeza de que outras mortes virão ainda e olha que eu não falho nos meus palpites!

A mulher de Cláudio enfrenta-o:

— Cláudio, papai tem razão!

— Tá bem. Vamos todos, então!

— Ótimo — o velho tem um brilho comovido nos olhos, pela primeira vez convencera o genro de alguma coisa. — Que que adianta viver assim, sob preocupação? Depois, quando as coisas estiverem resolvidas, voltaremos novamente, é por um mês ou dois.

— Quando mudaremos?

— A família argentina vai embora sábado. Domingo e segunda-feira os empregados irão limpar a casa. Terça-feira o mais tardar poderíamos ir todos.

— Terça, então?

— Terça. A Ilha é boa, mas o ladrão não é.

Conforme previra o velho Andrade, acontecimentos outros levaram as tropas da Aeronáutica para longe. Há encrenca em Caxias, a polícia do Estado do Rio invade a casa de um deputado da Oposição, a Câmara solicita garantias, há cisões — só a Aeronáutica atende ao apelo — e lá se vão os soldados, o tenente-coronel, o trem de cozinha, a imensa tenda-abrigo que abrigara Tartaruga durante o pifão.

As ruas da Ilha novamente abandonadas. A Junta Civil vai ao Chefe de Polícia solicitar garantias. O Chefe de Polícia diz que não meterá o bedelho na Ilha. Já fora suficientemente espinafrado das vezes anteriores, não quer questões com militares, que a Aeronáutica se mexesse, metade da Ilha é dela, a outra metade é da Marinha, ele é civil, parte fraca, não se meteria em terreno tão complicado.

De volta da cidade, a Junta ainda incorporada vai ao 30º Distrito Policial. O delegado também está chateado com as autoridades militares, o inquérito que iniciara sobre a morte de Mixole fora parar na Aeronáutica, não se entendia mais nada, ele achava, com alguma razão, que o ladrão havia acabado, entre outras coisas, com sua própria carreira funcional, vai ser rebaixado para as subdelegacias que serão abertas lá em Campo Grande ou mais longe ainda.

Mesmo assim promete ajuda. Não aconselha caçada espetacular; antes, vigilância discreta. Estupidez, tanta gente metida. Para se agarrar um homem — um homem basta: é mais que um princípio policial, a própria lei da natureza, base científica da vida: um igual a um.

Tartaruga é o primeiro a hipotecar solidariedade ao delegado. Tem queixas também contra os militares: haviam proibido a venda de bebidas e prendido um dos membros mais esforçados da Junta Civil:

— Num só dia fui preso duas vezes!

À noite, um carro da radiopatrulha estaciona em frente à boate. A guarnição fica jogando cartas com seu Jair, Zeiss-Ikon entre os joelhos.

Tartaruga vai comemorar a revogação da lei-seca nos bares.

Seu Amadeu não larga o posto de vigia habitual. Passa a noite acordado, encoberto pelo fícus do muro de sua casa, à espreita. Sabe que a qualquer hora um vulto descerá dos céus e cruzará pelas ruas e pelos caminhos. Ele avançará então, no peito, alguma coisa dentro dele o diz, o vulto de agora é o mesmo que pulara sua janela há tempos, o mesmo que possuíra Tereza em sua própria cama. Não pudera vingar então, a situação era delicada, havia Tereza, restava Tereza para repartir seu ódio entre dois objetivos. Ele tinha como favas contadas, mais noite menos noite e Tereza seria sua, desde menina que a preparava para isso mesmo — ser sua, para compensar os anos junto à velha avara e pelancuda que o repugnava. Justamente quando a situação entrava na reta de chegada, o demônio nascia das trevas, pulava sua janela e levava consigo o cobiçado fruto. A confusão que se seguiu inclusive dispersou a raiva, teve de casar Tereza com o primeiro que apareceu, nada mais lhe restou senão esperar.

Sente-se outra vez na "reta de chegada". O ladrão terá de passar por ele, mais dia menos dia. Dessa vez está prevenido, será rápido, atacará de surpresa. O ladrão já se esqueceu dele, não sabe que jamais o perdoou, que Tereza mora ali, no vazio de seus braços. Que a Junta Civil fosse ao diabo, que seu Jair metesse o Zeiss-Ikon no rabo, que o velho Andrade fosse para a puta-que-pariu. Ele, Amadeu, decidirá aquela parada no braço. Ninguém sabe, mas só ele realmente tem alguma conta a ajustar com o ladrão.

O assassinato de Mixole ameaça ficar impune. Na Ilha, souberam todos, o processo se extraviou, nem a polícia nem a Aeronáutica conseguirão tomar pé. O assassino tem cúmplices em toda parte — é o que diz Tartaruga.

— Mas que tinha a Aeronáutica de se meter?

— Ora, o aeroporto do Galeão, a zona estratégica. A Ilha serve de base aos grandes aviões internacionais, é zona militar, a polícia civil é subordinada às autoridades do Galeão.

— E o que têm a ver os aviões internacionais com o Mixole?

— Bolas! Isso é má vontade de entender! Qualquer coisa que aconteça na Ilha é investigada pelo comando da base militar do Galeão. A polícia civil entra de palhaço na história. O inquérito do Mixole foi aberto primeiramente pela turma do Distrito, depois os milicos da Aeronáutica ficaram com o processo para realizar as sindicâncias. Deu em nada, nem devolveram o processo à polícia civil.

Na casa dos Andrades esperam a próxima semana para resolver a mudança. A vida anda confusa, o velho não tem descido para tratar dos interesses, os filhos perdem aulas na Faculdade, o próprio Cláudio, que só chegava pelas madrugadas, é visto ao cair da noite fumando cachimbo, rondando a Rua Jari, espiando uma casa velha, quase ruína, lá para as bandas do Ginásio.

Cláudio sentirá falta da Ilha. Está preso a ela de forma misteriosa e boa. A idéia de passar alguns meses longe das praias se não o irrita, ao menos o aborrece.

"— Muito importante uma ilha, todos os homens deviam ter uma, água por todos os lados. Nenhum homem é uma ilha — há um poema assim."

Gosta da *sua* Ilha. Integra-se nela, sente-a proporcional ao próprio tamanho e feitio. O mar por todos os lados, sente melhor sua carne, sabe onde termina, onde começa.

Preso a cada dobra de areia, a cada pedaço de mar, aos fantasmas que o freqüentam. O corpo de Marcela deixou marca na areia: muita maré subiu e desceu, no entanto a marca persiste, eterna. "Ela foi minha ontem, meu corpo entrou dentro do dela, fomos uma carne só, e nada dela está em mim. No entanto, faz quase um ano que a vi deitada aqui, amassando esta areia, seu maiô grená fazendo contraste com o azul do mar. Ela ainda está aqui, passarei ao largo para não pisar em Marcela. — A Ilha dói por causa disso, tudo fica eterno, de repente."

"— Principalmente o mar."

O apartamento tem saudades impregnadas pelas paredes. Deu-lhe sorte: todas as boas coisas aconteceram aqui, seu melhor Natal, o ano mais feliz de sua vida. As cortinas guardam o cheiro de seus fumos — quando chegou de Recife sentiu esse mesmo cheiro, é como se fosse seu próprio cheiro, "os outros devem-me identificar por ele".

O piano. A música saindo das teclas e se escondendo nos quadros: a ladeirazinha que lhe deram conserva o gosto daquela canção que ouviu no dia em que Marcela foi sua pela primeira vez:

Tornerai
da me perché l'unico sogno sei
de mio cuore...
ochi dentro ognor
la tua boca que dice tremando amor

A Ilha é estanque, mas o apartamento é continente inteiro donde Cláudio se irradia, onde se abastece e conserva, abrigado por temporais do alto-mar ou da calmaria dos dias brancos. Suas poltronas, seus discos, a máquina de escrever, seus livros, o quarto cor-de-rosa das meninas, bonecas espalhadas pelos móveis laqueados — é dos poucos que ainda nem viram o ladrão mas tem a impressão de que é o mais roubado, o único realmente roubado.

Uma briga no Jequiá leva a radiopatrulha para lá.

— Vamos passar a noite sem proteção — seu Jair aflige-se.

E inspeciona com despeito o limitado policiamento da Junta Civil, dois ou três guardas que o Distrito mandou, não mais.

Araújo bate em retirada, vai para São Cristóvão, casa do irmão, pretende voltar quando a tempestade passar. Terça-feira irá o pessoal do Andrade, a Ilha ficará desfalcada — o ladrão só matou um mas parece que acabou com todos.

Os voluntários da Junta Civil mantêm o fogo sagrado. Vigiam pacientemente as trevas. Seu Amadeu vai aos poucos se afastando da turma, sente-se traído, fala entre os dentes dos que abandonam a luta, olha com desdém o velho Andrade, evita seu Jair, não abandona seu posto, dorme à tarde para manter os olhos bem abertos à noite. Um sujeito dos fins da Rua Chapot-Prevost entra agora no rol dos mais exaltados, diz que viu um vulto em chamas subindo a pedreira do Paterone.

Ia haver baile na boate. Acaba não havendo. Os músicos vêm da cidade, ninguém se lembra de avisá-los, dispensando-os. O homem da bateria arma os tambores, tocam o *Feitiço da Vila*, o *Carinhoso*, um bolero, ninguém aparece.

— Podem ir embora, hoje não vem ninguém — seu Jair avisa.

O homem da bateria desmonta os tambores, o clarinete é envolvido pela capa, seu Jair tem pena deles:

— Olhe, vocês serão pagos do mesmo jeito, é como se houvesse o baile, ninguém perde nada.

Repentinamente alegres, os músicos armam novamente os tambores e o clarinete sai da sacola. Tocam para ninguém mesmo, quem quiser ouvir que ouça. Mas ninguém quer ouvir música.

Vão embora finalmente. Ao passarem pela praia, rumo ao ônibus, Tartaruga serve de sua generosa cana. Fazem então serenata, já perderam o último ônibus, a noite está ganha do mesmo jeito, a cana é macia de descer, Tartaruga pede músicas, repertório antigo, "do meu tempo", diz ele, os violões gemem o *Chão de Estrelas* e Tartaruga fecha os olhos, deliciado:

Tu pisavas os astros distraída
sem saber que a ventura desta vida...

Restos de lua cheia boiando pelo ar. Farrapos de nuvens, em camadas, passam ligeiras, em silêncio.

Renata pede arroz.

— Mas a essa hora?

— É que me deu vontade, papai.

A mulher dá o contra, a garota insiste.

— Tá bem, vou fazer arroz, mas olha, é o último, nunca mais farei arroz para ninguém!

A mulher mete o bom-senso:

— São quase dez horas da noite, não é hora de criança comer!

O arroz é feito, para satisfazer a filha e para contrariar a mulher. Talvez nem por isso nem aquilo, apenas para fazer qualquer coisa com as mãos, Cláudio as sente excitadas, como se recebessem misteriosos apelos de não sabia onde.

— Pronto, agora cama!

— Depois de comer tanto ir logo deitar! Você estraga as meninas — a mulher reclamando.

— Tava bom o arroz?

— Tava.

A garota fica séria:

— Papai?

— Que é?

— Eu não queria que o senhor nunca morresse.

Cláudio se assusta. Depois tenta ficar encantado com o pensamento da filha, mas o susto é mais forte.

— Vou dar um jeito, minha filha.

A frase de Renata choca-o. A mão a tremer, desgovernada, ou comandada à distância? Nervoso ou medo? A mão treme, Cláudio reconhece ter feito besteira, enquanto fizera o arroz se distraíra, mas apenas adiara a angústia das mãos, elas tremem novamente, como se não fossem suas, mas de um outro dentro dele, cujas mãos ficaram do lado de fora, tenta guardá-las entre os joelhos até que parem de tremer.

"Por que Renata foi dizer aquilo?"

Tem de ocupar as mãos em alguma coisa, só assim se libertará do controle à distância que as chama, que as convoca para algum lugar ou missão.

"Vou chupar laranja, gomo por gomo, para demorar bastante."

Os dedos queimados pelo ácido da casca. "Estou mais tranqüilo até que Renata", a filha dorme agitada ao lado da mãe, "fiz mal, Renata terá pesadelos, deixarei que ela durma a noite toda com a mãe, irei para o quarto das bonecas."

Mas está sem sono. "Também não devo dormir depois de ter comido. Tantos problemas ridículos agora!"

Acende o cachimbo e vai à praia. Fica andando de um lado para outro, as nuvens correm, baixas, volta e meia uma delas corta o fiapo de lua cheia que bóia, imensa, na grande noite. Para as bandas da casa do Tartaruga os violões gemem, molhados e doces.

Senta-se sob as amendoeiras da praça. "Mixole tinha razão, deve ser bom dormir aqui, dentro das canoas, ao abrigo das virações do alto." Cláudio imagina o ladrão chegando para matar Mixole. Não necessita de muita cautela, o barulho das ondas abafa os passos.

Olha a água. A mãe de Mixole morrera ali e a água parece inocente, não é coisa assassina.

"— Que que sente um afogado na hora? Podemos saber o peso de Saturno, a digestão de um marciano, mas ignoramos o que sente um afogado na hora. Entretanto, os afogados existem desde que o espírito de Deus baixou nas águas e criou o homem. Em compensação, há uma Nossa Senhora dos Afogados. Para que que serve?"

Nossa Senhora dos Afogados, rogai pelo Mixole! Senhora dos Afogados, rogai por todos nós! Livrai-nos da boca do leão, não nos deixai cair no tártaro nem no obscuro!

Atrás de Cláudio, a igreja. Um sonho branco em meio à noite. "Tempos atrás comi uma guria bem aqui, no mesmo lugar onde estenderam o corpo da mãe de Mixole." A igreja vira o pecado, depois a morte, dormindo o sono branco, eterno.

Da calçada do Tartaruga a música vem, arrastada:

Pescador, pescador,
joga a rede no mar,
aproveita a maré,
aproveita o luar...
tu não deves temer
se a sereia cantar:
é mentira da areia
é mentira do mar...

A cachaça do Tartaruga faz bem aos músicos, os violões gemem, a viração passa pelas amendoeiras como um pássaro invisível, de cegas asas. Sensação doce toma conta de Cláudio, como se convalescesse num dia azul, em pleno sol.

Volta para casa. Dormem todos. Valeria passara para a cama da mãe, o quarto das bonecas vazio, parecia esperar por Cláudio. Há uma boneca sentada na cama de Renata, tira-a dali, joga-a com raiva em cima do sofá, a boneca cai sentada, meio de lado, sorri idiotamente, como sorriem as bonecas.

Deita-se finalmente, de *short* mesmo, tem preguiça de ir apanhar o pijama no armário do outro quarto e está quente, só pela madrugada, com a mudança da maré, a viração soprará para os lados da rua e varrerá o quarto, com seu sabor de mundo.

No escuro, as bonecas sorriem, adquirem contornos severos, solenes, ar de museu no quarto. A boneca pretinha que trouxera da Bahia tem uma expressão má, de bruxa, pode assustar Renata ou Valéria em meio ao sono.

"— Amanhã vou esconder essa boneca lá embaixo."

Mas a boneca também pode assustá-lo, com a ponta do pé empurra-a do sofá, a pretinha cai ao chão.

A bola cor-de-laranja surge do teto, passa à sua volta, rodopia pelo quarto, súbito embica em sua direção, parece que entrará dentro dele. Cláudio fecha os olhos com força, a força que faria para impedir que o círculo penetrasse pela sua carne, como serra circular, lâmina fria, mais fria que o aço inoxidável que protegeu Mixole no rabecão escuro. Logo a estátua esbranquiçada, cor-de-pedra, lívida, voa em torno do quarto, asas fechadas, totem desgovernado e ébrio.

"— É o sono que vem."

Porção de círculos agora, monstruosos, confetes de estridentes cores, dançando em torno da cabeça. Cor. Sobretudo isso, cor. O cérebro sofrendo para registrar cada tonalidade, uma sobre a outra, nada de formas, nem linhas, nem sólidos, só cor, substâncias neutras e gelatinosas escorrendo pelas paredes. Ficam vermelhos os confetes, cor-de-sangue, os confetes sangram, molham-lhe a cama, sente o bafo espesso no rosto, como se recebesse o vômito de sangue de um demônio. Depois os confetes ficam verdes, verdes enormes: verde que te quero verde. Verdes astros.

Lembra a boneca pretinha, fora injusto para com ela, senta-se na cama, olha-a melhor, não, não assustará ninguém, parece uma fada crioula, sorrindo.

"Vou colocá-la onde estava."

Faz esforço para levantar, é quando a cor acaba e chega o som. Som que vai crescendo, sem parar, subindo sempre, nem grave nem agudo, silencioso apenas, como um desespero. Súbito, volta a cor. O som transforma-se no amarelo que se derrama pelo quarto — já não é mais o quarto, é um mundo novo e imenso no amarelo que escorrega das nuvens e do céu — das cataratas do céu — viscoso como gema de ovo.

O amarelo se rasga, fendido, e surge a estátua novamente, lívida, as asas encostadas ao peito frio e morto.

A estátua passa perto, nojo dentro dele, se ela o tocasse ele morreria de pavor e náusea. Estátua dura, inerte, pior que um cadáver cinzento. O cadáver vai-se alongando, fica roxo — e surge do fundo o balão roxo e branco outra vez, intato, sem orvalhos, subindo silenciosamente, chamando-o. Tenta subir, vai segurar-se à estátua quando ela roçar mais perto, mas a estátua está quebrada no fundo da canoa, a nuca de pedra estraçalhada também.

Vontade de gritar, enquanto há tempo. Mas o medo passa repentinamente. Ternura meio obscena pelo próprio corpo, uma tranqüilidade vazia. Pensa em chamar a mulher para pedir um sedativo, tem receio de acordar as meninas.

"Cada um se arranja como pode!"

Vai ao banheiro, para evitar ficar agachado na cama, como um réptil. Apanha a caixa de gardenal, coloca na mão dois comprimidos brancos e redondos como botões de camisa. "Sou zeloso pelos meus quadrados, o avião roncando, preciso de três ou do vidro inteiro?"

Na copa, abre a geladeira para apanhar água. O ar frio sai lá de dentro, do ventre branco e gelado, bate em seu rosto como um chamado. A viração da praia. O frio faz bem. Entrara na geladeira? Ou ela crescera, crescera descomunalmente, expulsara as praias para outras enseadas, e a grande noite com sua lua mutilada?

Cláudio precisa de ar e mar. Sente como se tivesse dormido um largo sono, o sono da Bela Adormecida. Reencontra um mundo estranho, maciçamente intato, onde tudo é natural e lógico, tal qual deixara cem anos atrás — uma fidelidade maciça, de cem anos.

O botão da camisa na palma da mão. Aperta-a, o botão se esfarinha, joga o pó fora, o que sobra pelos dedos vai até a boca, sente um gosto azedo na ponta da língua — "eu abria a geladeira, o ar frio bateu em meu rosto, agora a viração da noite bate no meu corpo inteiro, houve alguma coisa que eu não entendi."

A noite firme, a lua boiando outra vez, parece andar mas é ele quem anda agora, no meio da rua. Pulara a janela? Passara através das paredes? "São tão frágeis as paredes para os loucos."

Os músicos saem da casa do Tartaruga, caminham em direção à praça, para o primeiro ônibus do dia. O canto vem arrastado:

Pescador, pescador
joga a rede no mar,
aproveita a maré,
aproveita o luar...

Cláudio passa pela boate. Fechada e escura, como igreja abandonada. Seu Jair na certa escondido em algum canto, espreitando as sombras, as ruas e os caminhos à espera do ladrão. "Ao me ver, pelo menos no primeiro instante, pensará que sou o ladrão."

O poste. Famoso poste, inteiro na página do jornal, Cláudio nunca subira num poste, sua única tentativa em matéria de escalada limitara-se à desagradável recordação de infância: Dona Helena, seu filho é um ladrão! O velho Almeida veio ver quem estava chorando em cima da pitangueira, ajudou-o a descer, subir fora fácil, mas quando o viu ileso pegou-o pelas orelhas, levou-o até a mãe, Dona Helena, seu filho é um ladrão.

A mãe não ligou mas aquilo ficou ligado para sempre nele, o pavor de não saber descer da árvore, como que a pitangueira vingara-se da escalada, subira, crescera até as nuvens, sua impotência em não poder descer, a vertigem, depois a cara compenetrada do velho Almeida, a mesma mão que o ajudou a descer — a mão que apareceu entre os galhos como um fruto saído do solo, irmão — foi direta às orelhas, depois a frase que lhe tirou o sono noites e noites de infância, via-se imerso na escuridão de noites mais negras ainda, vestido de preto, um abutre, roubando, roubando, ele era um ladrão. Uma vergonha também, um ódio de cem anos!

Em cima do poste. "Eu sou um ladrão!" Sobe fácil, o corpo não faz peso, pensa que as mãos não suportariam a carga do corpo, mas o corpo não pesa, vai trocando as mãos comodamente, como se nadasse em sentido vertical. Lá de cima vê o quintal de seu Amadeu, árvores obesas de sombra, entre aquelas árvores havia pitangueiras. Como seria a cara do velho Almeida? Confunde-a agora com a de seu Amadeu, sim, o velho Almeida tem a mesma cara, o mesmo olhar azul raiado de sangue, Dona Helena, seu filho é um ladrão, por causa das pitangas deu o soco na boca de Mixole, a boca ficou sangrando, gotejando bagos vermelhos como pitangas.

Descer foi fácil: salto simples: caiu macio, sem sentir o solo, como se fosse neve. Qualquer coisa mexe entre o fícus. Alguém escondido ali. Cláudio sabe quem é. Boa oportunidade essa, dar a sova no veadão, a sova que Mixole tanto prometera, amanhã todo mundo pensará: o ladrão sovou o veadão. Uma desforra também, desforra de cem anos, de pai para filho. Dona Helena, seu filho é um ladrão.

Seu Amadeu surge como um raio à frente de Cláudio. Lívido, levara um susto dos diabos:

— Menino... — a voz sai trêmula — você me gelou... Lá de cima parecia mesmo o ladrão, nem sei como o Jair não atirou...

Cláudio olha estupefato para a cara de seu Amadeu. Confuso aquele rosto, é seu Amadeu ou o velho Almeida? Há a mancha de sangue pisado no pescoço, grudaram a cabeça do velho Almeida no corpo de seu Amadeu, é ridículo, com o susto, seu Amadeu treme, a mão de seu Amadeu passa o lenço pela testa do velho Almeida — é cômico.

Olha duro, tentando compreender ou devassar os apelos das mãos que tremem confusamente, mãos tão calmas antes, na hora em que subiu pelo poste, e já desgovernadas, o controle à distância, que distância? Da infância, de suas sombras submersas, seus fracassos, o balão roxo e branco, o homem que queria ser e que não era, o ídolo de lama se derretendo, o peso do corpo desmoronando no mesmo pó de todos os mortos que queriam viver? As mãos tremem cada vez mais, a cara do velho Almeida em cima do pescoço de seu Amadeu faz um trejeito — espanto naqueles olhos azuis sujos de sangue, arregalados, como se vissem um fantasma:

— Você!...

A voz estertora. Os dedos de Cláudio entram com gana no pescoço de seu Amadeu, sente a carne repugnante e mole entre os dedos que se fecham ásperos. A carne fede a óleo, a medo, a cara do velho Almeida desaparece, aos poucos volta, impreciso como massa de cera tomando forma, o rosto de seu Amadeu, parado, esbugalhados os olhos, já esbranquiçados como clara de ovo, o palmo de língua escura para fora.

Os dedos parecem sujos de sangue. Mas é apenas impressão, estão limpos, nunca estiveram tão limpos, Cláudio sente que fez justiça, um bem-estar em todo o corpo, lembra-se do dia em que jogou fora o guarda-chuva e sentiu-se livre e redimido em pleno temporal. Na realidade, procura se convencer de que havia jogado alguma coisa fora.

Caminha em direção à praia. Tartaruga levanta-se apressadamente ao ver o vulto escuro dobrar a rua e ir para a praia. Apesar da bebedeira, reconhece a sombra. Senta-se novamente.

Cláudio pula para a areia, aproxima-se da água, abaixa-se para lavar as mãos. Não há sangue nenhum, mas um pouco de terra ou de areia entre os dedos.

"Não há sangue."

Há o corpo escuro estendido e eterno entre os fícus, alguém se acabou, a Ilha pesa menos contra o fundo do mar, o ar está mais puro, a água mais calma, o *Rex* é o ponto escuro que bóia ao longe, apodrecido e órfão contra o mutilado luar.

"Nenhuma essência do Oriente lavaria este sangue... palavras, palavras, nós falamos demais, devo estar bêbado, quando penso em Shakespeare é que estou de porre, no outro dia gastei conversa com ele e ele era o Custódio, do Juca's bar."

"Talvez seja apenas isso, estou bêbado, ou dormindo na cama de Renata, nada disso aconteceu realmente, nada é nada é nada, a rosa é a rosa, verde é verde que te quero verde. O Custódio parece é o Spencer Tracy quando faz papel de padre."

"A rosa é uma rosa, não o Custódio. Sim, estou livre, sou o que sou, que nem o Deus dos judeus. Tão livre e tão puro que posso me matar sem motivos, sem nada, só para provar que posso fazer qualquer coisa livre e minha. É fácil. Basta ir andando pela água, até não sentir mais nada, tal qual a mãe de Mixole. A grande, a inapagável liberdade ali, no fundo das águas. Acabar com o homem equilibrado. Procurar o homem eterno. O sono eterno em vez do de cem anos. Amanhã procurarão meu corpo, o encontrarão inchado, comido pelos siris, em praias estranhas. Os peixes vomitarão meu olho esquerdo, por causa do gosto do colírio que boto, às vezes."

"— Deixo a vida para vocês, porcos!"

Tartaruga talvez tenha ouvido esta última frase. Mexe-se na cadeira e fica olhando.

"— Ainda bem que a morte é gratuita, vem a qualquer hora, basta se mexer um dedo e ela chega, pontual."

Vai entrando. "O diabo é quando perder o pé. Sei nadar e isso talvez atrapalhe. Gozado, estou lúcido demais para morrer!"

Água pelo joelho. A voz do Tartaruga vem alta:

— Tá curando pifão?

— Que pifão?

"Estarei mesmo bêbado? A minha lucidez vem da bebida? Assim não fará sentido a minha morte: bebeu, bebeu sem ter nada o que fazer se matou, parece anedota macabra, conto russo, quero morrer lúcido, realmente lúcido."

Os joelhos molhados, sentindo frio nas pernas, o medo voltando. "Não devia ter entrado n'água se sabia que não ia morrer!" A tranqüilidade pousa sobre as águas: sobra-lhe, náufrago dele mesmo, o medo. Vontade súbita de pedir socorro, de se abrigar contra a noite e seus ladrões assassinos e suicidas. Do mar surgem vultos estranhos e disformes, pedaços de nuvens molhadas, vozes soturnas e gargalhadas de náufragos amarrados em escombros soçobrados, Cláudio sai correndo pela praia. Admira-se de correr tanto, ignora seu peso, o corpo voa como que levado pela viração que sopra mais forte.

Em vez da Rua Bojuru, caminho mais curto para voltar, dispara pela Rua Chapot-Prevost. Os quase duzentos metros de asfalto são engolidos, o vento que entra pela boca aberta impede-lhe o grito.

Desce a Avenida Paranapuã lá em cima, o vento bate-lhe na cara, "eu devo estar voando", pula um muro, sente-se perdido, quer achar sua casa mas não sabe onde, tem lembrança de cruzar muitas ruas, pula cercas e muros, vara quintais estranhos, não acha sua casa, ela mudou de lugar, o mundo está confuso, às vezes parece ser ela, sim, ali está, seu muro, suas janelas, pula o muro e o cão escuro sai-lhe no encalço, latindo como diante de fantasma.

Pula outra série de muros, com que facilidade dá saltos, os muros tornam-se gelatinosos, ele os vence sem esforço, "agora vem o muro", pula, não é ainda o seu, é a boate.

Um tiro canta perto dele. "Pensam que eu sou o ladrão, isso é ridículo, se consigo escapar vou ter que contar amanhã: fui eu." Pula uma cerca, atravessa o pedaço de rua, outro muro — vê a sombra escura estendida no meio do fícus, parece tronco de árvore decepado ou um corpo morto, pula a grade, agora sim, entra pelos fundos, outro tiro quase lhe pega a mão, vê a cal da parede esfarinhar-se entre os dedos. "Escapei por pouco, isso é ridículo, vou dar um grito, que parem com essa idiotice, não sou ladrão nenhum, são uns loucos!".

Quer gritar, pedir que parem, é ele apenas, nada de ladrão, mas a voz não sai, entalada, talvez seja apenas um sonho mau, um pesadelo, sim, "quando se quer gritar e não pode é que o pesadelo não deixa!".

Ganha finalmente o quintal do velho Andrade. "Se atirarem de novo deixo o tiro me pegar, com a dor talvez acorde e o pesadelo acaba." Vozes chegam perto, cada vez mais perto, ouve seu Jair gritar para o velho Andrade:

— Corre! O ladrão pulou para seu quintal!

Antes de ouvir o tiro sente o ardor no pé, perto do calcanhar. Mas não dói, fica mais leve até e mais veloz, o sangue morno saindo pela ferida, como refrigério.

Com a mesma facilidade pula outros infinitos muros, embrenha-se no matagal dos fundos da Chapot-Prevost, vê a pedreira do Paterone erguer à lua a ferida de pedra nua, depois vence outra série de muros e casas, por fim não vê nem sente nem faz mais nada, o pé sangrando, dói um pouco agora, lava-o na água fria e branca, reconhece o banheiro, a caixa de gardenal aberta em cima do armário, a porção de botões de camisa lá dentro, lava a ferida, o esmalte da banheira fendido pela lesma de sangue que corre do calcanhar, logo o jato d'água lava o sangue e a lesma vermelha e visgosa derrete-se, sumindo pelo ralo.

Cláudio sente-se confortável e puro na cama de Renata, entre bonecas espacejadas, dormindo um sono branco, sem mais angústia e sem fim.

Alguém o sacode, com pressa, mas com carinho também. Abre o olho e vê a mulher.

— É tarde, vamos!

Esfrega a cara. O dia entra pela janela, as bonecas em torno sorriem, neutras, bochechas coloridas e gordas.

— Tive um pesadelo besta!

Renata e Valéria tomam café. Percebem o pai acordado e vêm alegres, cheirando a pasta de dente ainda, pedindo praia.

— Tem sol?

— Tem.

— Então vamos.

— Hoje, não — a mulher interrompe — temos de preparar a mudança, amanhã já estamos longe daqui!

A brutalidade do ladrão penetra no quarto, mancha as bochechas vermelhas das bonecas. Cláudio repara as empregadas arrumando as roupas, a grande mala aberta no meio do corredor, como um esquife. "Sim, amanhã iremos embora, a Ilha é boa mas o ladrão não é."

As meninas voltam para o café. A mulher se aproxima de Cláudio:

Deu ladrão outra vez. Matou seu Amadeu e foi ferido no quintal. Depois fugiu pelo matagal do outro lado da rua. O muro daqui do lado ficou sujo de sangue.

Senta-se na cama. A dor aguda sobe-lhe pelo corpo. Tem medo de olhar aos poucos. Levanta o lençol e olha firme, de uma só vez. Os pés numa poça de sangue. A mulher dá um grito.

markgraph
Rua Aguiar Moreira, 386 - Bonsucesso
Tel.: (21) 3868-5802 Fax: (21) 270-9656
e-mail: markgraph@domain.com.br
Rio de Janeiro - RJ